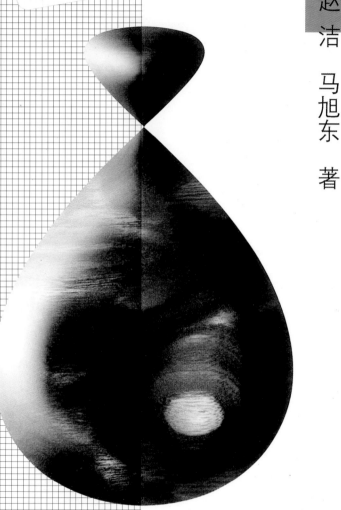

赵 洁 马旭东 著

上海人民美术出版社

企业形象设计

（第二版）

中国美术院校新设计系列教材

图书在版编目（CIP）数据

企业形象设计/赵洁，马旭东著.—2版.—上海：上海
人民美术出版社，2012.3
中国美术院校新设计系列教材
ISBN 978−7−5322−7795−7

Ⅰ.①企… Ⅱ.①赵… ②马… Ⅲ.①企业形象−设计−
高等学校−教材 Ⅳ.①F270

中国版本图书馆CIP数据核字（2012）第002291号

中国美术院校新设计系列教材

企业形象设计（第二版）

总 策 划：李　新
著 　 者：赵　洁　马旭东
责任编辑：姚宏翔
统 　 筹：丁　雯
技术编辑：季　卫
出版发行：上海人民美術出版社
　　　　　（地址：上海长乐路672弄33号　邮编：200040）
印 　 刷：上海丽佳制版印刷有限公司
开 　 本：920×720　1/12　12印张
版 　 次：2012年3月第1版
印 　 次：2012年3月第1次
书 　 号：ISBN 978−7−5322−7795−7
定 　 价：38.00元

前言

CIS 是 Corporate Identity Systam 的缩写，意思是企业形象识别系统。60 年代，美国人首先提出了企业的 CI 设计这一概念。它的主要功能是：通过对企业文化与经营理念的整合，赋予该企业独特而完整的视觉形象，并将其传达给企业内部的员工与社会公众，使其对企业产生一致的认同感，以形成良好的企业印象，最终促进企业产品和服务的销售。

VI 设计就是视觉形象识别系统，是 CIS 的重要组成部分。VI 设计将企业理念、企业文化、服务内容、企业规范等抽象概念转换为具体的视觉符号，是企业树品牌必须做的基础工作。标志、标准字、标准色是 VI 系统的核心内容。在 CI 设计中，视觉识别设计最具传播力和感染力，最容易被公众接受，因此具有重要的意义。

VI 设计是一项综合的平面设计艺术。内容包括符号设计与应用，色彩和环境，甚至还涉及服装设计和工业造型设计。

本书从教学实践的角度出发，提供了大量实际应用中的 VI 案例，以及优秀的学生作品。希望对学习 CIS 设计的同学有所帮助。最后一章"教学实践"则是我们这些年来从事 CIS 设计教学的一个总结，希望以 此与各位同行作教学交流。

感谢中国美术学院 02 届和 03 届平面设计第一工作室的同学们所提供的素材。感谢在本书整理和编排工作中付出辛勤劳动的同学们。也感谢上海人民美术出版社提供这一平台来展示学生的作品。感谢潘剑锋先生对本书的大力支持。

本书在论述的过程中引用了一些来自国内外著名设计师或设计公司的作品作为范例，由于时间仓促，未能与所有作者取得联系。在此表示真诚的歉意与衷心的感谢。

赵洁

2007.3.于上海

目　录

第一章

初步了解 CIS

1. 什么是CIS

CIS的全称是CORPORATE IDENTITY SYSTAM，通常又简称为CI。这一概念最早是由美国设计家莱蒙特·诺维和保罗·朗多在1930年左右提出的。

第二次世界大战之后，国际经济进入了一个新的发展时期：企业蓬勃发展，商业日益繁荣。一方面，市场经济从卖方向买方的转变导致企业竞争白热化；另一方面，在企业内部也进行着经营方向朝多元化、国际化方向发展的转变。在这样的时代背景下，原来的企业经营战略已无法适应迅猛发展的企业现状。对企业来说，建立一套具有统一性、完整性、组织性的识别体系来传达独特的企业经营理念，树立鲜明的企业形象已成为企业竞争的重要手段，CIS应运而生。CIS就是企业形象识别系统，或者又叫做企业形象统一战略。

◆ 创始人沃森经过重重磨难，终于在1924年把"制表机公司"更名为一个宏伟的名号——国际商用机器公司，英文缩写IBM。沃森主持IBM公司长达42年，继而把公司交给他的长子小沃森经营。父子俩齐心协力，把一个名不见经传的小公司，发展为全球计算机产业之首的跨国集团。可以说，IBM公司的发展史就是早期计算机发展史的一个缩影。

2. CI 的功能

2.1 提高企业的形象和知名度

良好而完善的企业形象容易被社会大众所接受，并给消费者留下健全、亲和的印象，进而增加对企业的信赖感和认同感。因此，CIS的实施是企业形象的展现，是积极推动企业拓展和占领销售市场的重要手段。

排在美国《商业周刊》公布的2006年全球百强品牌排行榜前十位的是：1.可口可乐，2.微软，3.IBM，4.通用电气，5.英特尔，6.诺基亚，7.丰田，8.迪斯尼，9.麦当劳，10.梅塞德斯奔驰。这些公司都是导入CIS较早并获得成功的企业。英国《金融时报》评选出的认知度最高的十大中国品牌分别是：1.中国银行，2.中国国际航空，3.青岛啤酒，4.中国移动，5.中国海洋石油总公司，6.上汽集团，7.联想，8.中国石油天然气股份有限公司，9.中国工商银行，10.海尔。这些国有或民族企业也都是中国国内大众所熟识的。中国的现代企业家们也越来越多地意识到企业视觉身份的重要性。因此，有的请大师，如"中国银行"的标志就是出自香港著名设计师靳棣强先生之手。有的则打轰炸战，"中国移动"以强大的广告优势将其标志遍布大街小巷。有的，走出国门，海尔电器将其标志高高地盘踞在日本银座大厦的楼顶。这些企业的精神也随着这些标志符号进入了全中国，甚至全世界的市场。

◆ 海尔电器将其标志高高地盘踞在日本银座大厦的楼顶。
◆ 中国银行在80年代开始就推行CI策划。其标志出自香港著名设计师靳棣强先生之手。行标从总体上看是古钱形状代表银行；"中"字代表中国；外圆表明中国银行是面向全球的国际性大银行。中文行名字体由郭沫若先生题写。标志很好地表达了银行的形象。

2.2 展现企业个性

在众多的同类企业中，如何彰显特色，吸引受众，占领市场是每一个企业经营者永远不变的追求目标。在信息膨胀的今天，视觉形象宣传尤其重要的。CI是可以帮助企业实现追求目标的有效方法。一方面，CI应用视觉艺术通过创造新颖的视觉标识来吸引受众的眼球。另一方面，CI是企业文化的外在表现。通过CI体系建立起来的统一识别符号在给人们留下深刻视觉印象的同时，也会引起受众关于企业个性的心理联想。

◆ 这三个案例都来自于餐饮行业，但分别属于日本、中国和西方。不同的文字：日本的书法，中国的宋体方块字，西方的字母。不同的图形：日本的脸谱，中国的白描人物，西方的抽象几何组合。这些不同很好的显示出了企业之间的不同和个性，使即使是相同类型的企业都能给消费者留下不同的印象。

CI 的建立不是凭空的，是以企业文化为基础的。在制定 CI 计划时应明确该企业的特色，或者通过 CI 的导入，为企业建立起新的独树一帜的企业文化。成功的 CI 不仅赋予企业视觉上统一的外观，使企业在同行中引人注目，脱颖而出；更重要的是要能真实反映出企业的本色：或是与众不同的市场定位，或是热诚的特色服务精神，再或者是高端的技术力量等等。

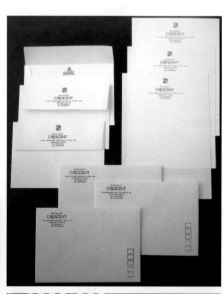

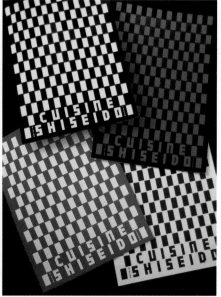

什么是无形资产?

无形资产是指没有物质实体,不可物化量化,但可以被企业拥有并利用的资产。它是一种无长期固定形态、价值变化大、不易评估的资产,例如企业或品牌的影响力。企业形象是潜在的销售额,代表着企业的信誉、产品的质量、人员的素质、股票的涨跌等。

◆ 被人们称为"蓝色的巨人"的IBM,它的标志颜色是蓝色。而曾被人称为"蓝色的传奇"的联想标志也是蓝色。因此,在新标志中保留了象征科技和自然的蓝色的基调。Lenovo中的novo是一个很古老的拉丁词,代表新意、创新,Le则代表了原来的Legend,整个名称的寓意就是从传奇的联想转变为创新的联想,这是时代精神的体现。积极面对国际化市场,是现代企业的不可避免的使命。

2.3 CI 能传达统一信息

CI是一套系统而统一的整合和传达企业信息的规范。导入CI可以强化信息传递的频率、强度和可信度,从而增强广告效果。

企业在市场上运转,其一切活动都直接或间接地牵涉到信息传递。在现代社会中信息传递的媒介也是多种多样的:从公路旁几十米的庞大广告牌,到手掌大小的企业名片;从日常的报纸、网络,到水中的灯光,空中的气球等等。而从事宣传活动需耗费大量资金,如果传达的信息不统一,不仅会浪费宣传经费,还可能引起大众的反感,造成无法弥补的损失。而导入CIS之后,企业所属各部门可将统一的设计形式应用到相关的项目上。这样既节省了各自为政的设计制作费用,减少了无效的播放时间,避免了视觉传播纷乱繁杂或互相干扰的现象,又提高了企业向社会传播信息的质量。

永远的大红,一贯的独特字体和流线型的波浪图案把可口可乐的流行传遍了世界的每一个角落,而且经久不衰。不管是在亚洲还是美洲,电视还是杂志,只要有可口可乐的地方,一定就是红色!

2.4 CI 能激励员工奋发向上的精神

如前所述,CI传达的不仅是企业的形象,还是企业精神和文化的表现。因此,其传达对象不仅仅是消费者和社会大众,也包括企业的内部员工。良好的企业形象可以获得消费大众的信赖,为改善经营环境提供契机。同时,良好的企业形象可以使全体职工有一种归属感、优越感和自豪感。培养员工与企业同呼吸、共命运的价值观念。在工作中,提高员工士气,建立统一意识,最大限度地调动员工的积极性。21世纪的竞争是人才的竞争。优秀的企业文化和人性化的管理能迅速地吸引优秀人才,保持企业的旺盛活力。

2.5 CI 能加速开发国际市场

科学和信息技术的发展,使经济全球化合作的趋势越来越明显。中国加入世界贸易组织对中国的企业来说,未来经济的发展将面临更多的国际合作和更大的国际市场以及更强的传播媒介。而随着生产规模的不断扩大和科学技术的进步,产品在价格、质量和技术含量上的差距日益缩小。而由品牌带来的无形资产和附加值则成为企业或产品在市场竞争中能否取得利益的关键。

中国一直是个制造大国,并以原材料为主要出口产品,要改变这种状况,就要中国的企业家们建立品牌意识,从 MADE IN CHINA,变为 DESIGNED IN CHINA。中国创意产业的蓬勃兴起正是与时俱进的表现。同时,由于经营的国际化,一个企业将不可避免地遇到不同国家、民族和文化带来的各种问题。如果说未来企业的竞争是一种多维或者全方位竞争的话，那么 CI 系统的创制与实施，将是这场竞争中不可缺少的锐利武器。CI 可以帮助企业树立国际形象，扩大国际知名度，加强与其他政府、国际集团的联系和合作。

案例：

联想电脑是一家致力于电脑生产研发的专业公司。2000 年以前其主要收入来源是销售个人电脑，在国内占有相当的市场份额。但在 2000 年后，在国内个人电脑市场增长速度减缓，联想发展明显受到限制的情况下。2003 年，联想开始了其国际化发展的战略。

联想国际化的第一步便是启用新标识。2003 年 4 月 28 日，联想宣布将标识从 Legend 变成 Lenovo，显示了联想向国际市场进军的决心。据联想集团策略采购部经理游悦说，在联想工作的五年中用过三种印有公司不同标志的名片。第一张是联想 legend，第二张是 lenovo 联想，第三张在 Lenovo 的下面又加上了国际奥委会的五环标志，这三张名片的变化见证了联想国际化的历程。

1984：联想的创始人柳传志带领 10 名计算机科技人员前瞻性地认识到了 PC 必将改变人们的工作和生活。凭着 20 万元人民币的启动资金和坚定的决心，在北京一处租来的传达室中开始创业，年轻的公司命名为 "联想"（legend，英文含义为传奇）。

1989：北京联想集团公司成立。

1994：联想在香港证券交易所成功上市。

1996：联想首次位居国内 PC 市场占有率首位。

1999：联想成为亚太市场顶级电脑商，在全国电子百强中名列第一。

2003：联想宣布使用新标识 "Lenovo"，为进军海外市场做准备。

2004：联想作为第一家中国企业成为国际奥委会全球合作伙伴，为 2006 年都灵冬季奥运会和 2008 年北京奥运会独家提供台式电脑、笔记本、服务器、打印机等计算技术设备以及资金和技术上的支持。同年，联想和 IBM 宣布达成协议，联想将收购 IBM 全球个人电脑（台式电脑和笔记本电脑）业务。新联想将成为全球个人电脑行业的第三大供应商。

3. CI 的沿革和发展

CI体系萌芽于20世纪50年代，60年代在美国企业中得到了广泛地应用，70年代传入日本，对日本企业产生了深远影响。

CI在美国首先兴起是有原因的。一方面，美国的经济发展一直处于世界领先地位。另一方面，美国企业也比较早的开始重视工业设计和产品视觉设计。至今还影响深远的现代设计摇篮——德国"包豪斯设计学院"造就的一批设计大师，于二战后纷纷移民美国，使美国在设计领域跃升成为世界领先，而设计对经济的积极影响是不可忽视的。正是由于这两方面的原因，结合了艺术设计学和经济学的CI才最早在美国生根发芽，并发扬光大。

日本是亚洲引入CI较早且成就卓著的国家。第二次世界大战之后，日本作为战败国被美国占领，日本的政治、经济、文化也在一定程度上受美国影响，无论是社会个体的生活方式还是企业的经营模式都日益美国化、国际化。随着经济从成长期进入成熟期，日本在国际商战的舞台上逐渐扮演起一个后起的挑战者角色。60年代末期，CI战略开始传入日本，但并没有引起重视。直到70年代的两次石油危机，才使日本的企业经营主们意识到光依靠生产技术走出困境是不够的，许多企业,如健伍公司(KENWOOD)、伊势丹、华歌尔、美能达、白鹤、三井银行等纷纷导入CI战略，并获得良好效益。通过实施CI战略，日本许多企业逐步走出了困境，并得到长足的发展。80年代，日本的CI革命进入高潮，企业形象战略已经成为企业发展总战略的一个重要组成部分。

中国有着悠久的历史文化传统，对朴素形象的识别和运用,在世界上也是最早的国家之一，从朝廷仪礼，衣冠文物，典章制度到家族徽记等等都有一定的体现。但由于近代，中国市场经济起步较晚，现代艺术设计的发展也落后于世界先进水平。直到90年代初期，CIS体系才逐渐被中国的企业认识和接受。

其实，我国早在宋代的时候就有了商标。由于商品经济的发展，宋代出现了"商行"，汇兑机构"便钱务"，世界上最早的纸币"交子"以及推销产品的"商标"。通过宋代画家张择端的《清明上河图》可以了解开封年间，清明时节，我国宋代商业繁华的景象。

最初的商标，主要是为了区别商品生产者，商标的形式也比较简单。随着生产力的发展和商品经济的扩大，商标的形式也多起来，我国人民曾创造了许多具有民族特色的商标。有的商标仅用文字，有的只用图像，但更多的是图像和文字的结合。商标的使用方法也多种多样，有的把商标直接压在商品上，有的把商标印在包装上或以标签的形式贴在商品上。

◆ 中国最早的标志。

现存的北宋年代的"济南刘家功夫针铺白兔商标"是目前我国已知的最早商标。印刷这一商标的铜板长12.4厘米，宽13.2厘米，近似方形。上端横写"济南刘家功夫针铺"，中间是白兔捣药图，左右两侧书"认门前白兔儿为记"的字样，下有"收买上等钢条，造功夫细针……"等告白七行。这简单生动的文字和画面，表明了刘家针铺门前是以白兔为标记的，所造功夫细针采用的上等钢材，坚固耐用，质地精良，想必在当时的社会上享有一定的信誉。

中国的CIS是从台湾开始的，80年代中期伴随着开放的浪潮传入中国，刚开始是以理论的形式作为学术教材引进，没有走向社会与企业相结合，因此没有产生很大的反响。一直到80年代后期，随着我国计划经济向市场经济的转轨以及市场的发育，社会和经济的发展和竞争的需求，企业和社会催生并呼唤着CIS走出艺术院校的殿堂，与企业经营管理结合，为塑造企业形象服务。

广东在经济改革开放的潮流中迅速发展，企业导入和实施CIS就成为迫切的需要。1988年，在中国设计界创立了首家以CIS战略为经营理念的私营设计机构——广东新境界设计公司，并接受广东太阳神集团公司的委托，创意、策划、设计"太阳神"企业CI系统。太阳神的企业家借着CI战略实施经营管理的软控制，进而达到设计专业要素在企业、市场经营中发挥重要的内容作用，并通过大众传播媒介推出各种专题活动和有特色的系列广告，迅速提高了知名度，在公众中树立了良好的企业形象，赢得消费者的信任，以惊人的速度占领并覆盖了市场，把一个80年代还在乡镇里默默无闻的小厂，发展成为一个从饮料拓至食品、药业、房地产、贸易等更宽更广经营领域的集团公司，营业额由1988年的520万元增至1990年的4000万，1991年达8亿，1993年神话般地超过12亿。太阳神以红色圆形与黑色三角形的构成作为基本定位，象征太阳与人的VI系统深深地留在广大消费者的脑海之中。太阳神导入CIS系统取得巨大成功，立即引起企业界和新闻界的重视，此后，CIS开始被中国企业家逐渐认识，同时，设计界也由单纯的工艺制作跃升到市场策划的重要地位。较早导入CIS战略的企业还有深圳丽斯达，广州的名格、浪奇、科龙、卓夫、百得、华帝，浙江的康恩贝，江西的江铃等，并获得了成功。随后，导入CIS的热潮由南向北、由东向西逐步推开。它标志着中国CI开始走上轨道。

 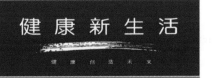

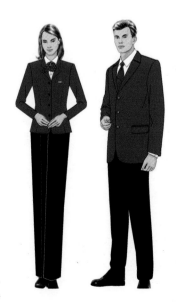

◆ BP润滑油。抽象的图形象征齿轮也象征植物。主色调绿色，以表示润滑油的环保性。从小小的名片到运输汽车，统一的色调和图形塑造出一个清新环保的企业形象。

4. CI 的类型

经过半个多世纪的发展，CI成为企业创立品牌，寻求可持续发展的有效手段。但不同的国家和地区对CI也有不同的理解。最具典型的是"欧美型CI"和"日本型CI"。

4.1 欧美型CI

美国是CI的发源地。70年代，欧美的许多大公司和企业都各自具备了完整的CI体系，因此，美国CI模式就成为西方世界CI的典型代表。

美国社会是一个多民族、多元文化、多种语言并存的社会，受现代资本主义政治、经济、文化的影响，个人主义和实用主义是社会的主要价值观。在美国企业中，最强调生产效率和利润指标。对他们来说，这是评价一个企业好坏的标准。其次，美国企业也非常重视个人能力的发挥，美国讲个人自由，把创造力看作是个人追求自由的动力。在此基础上的美国式的责任心，主要也就是个人责任和个人荣誉感。在这样一种国情和企业文化影响下形成的美国特色的CI模式认为CI就是将标识和品牌作为沟通企业理念和企业文化的工具。CI就是有效地利用注册商标、企业标准字和企业标准色彩等要素，通过宣传媒体，给外界一个视觉传达上的统一。

在美国模式中，为了求得统一的形象，广告宣传、产品包装、产品说明书，直至企业的建筑物、车辆、信笺和票据等都必须统一设计，目的就是使人们明确意识到某企业的存在。在美国开车，远远地看到黄色M字型标志，那一定是麦当劳的招牌；看到红色方形中一条白色波浪的图形，一定是"可口可乐"。美国的CI朝着强调视觉环境的方向前进和发展。招

牌的设计既要让人熟悉，又要具有亲和性，它的变化或更迭要配合社会的需要，要认清社会的特性，融入环境，构筑良好的都市文化、地区社会文化。在视觉设计上，既强调感觉，又要注意风俗特色。

总而言之，以美国为代表的欧美型CI设计主要用于外部宣传，是一种以营销为导向，以最终消费者为诉求对象，而对公司形象加以精致包装的宣传策略。他侧重于VI部分，最强调视觉传达设计的标准化，力求设计要素与传达媒体的统一性，使得企业标志、标准字体、标准色能充分运用在整个企业中，使完美的视觉整体形象代表企业传递信息。当然，美国CI模式注重视觉识别（VI），并不意味他们对企业理念（MI）和行为规范（BI）的排斥和轻视。

如何正确学习国外先进的CI？

CI被引入中国，也就20年左右的时间，主要学习的对象就是欧美和日本，但随着中国经济的发展，民族企业的壮大，艺术设计产业的兴起，在学习外来优秀设计的同时，要多研究具有中国的特色文化，做属于中国特色的设计。

◆ 简洁的英文LOGO设计，明快的色彩处理，是典型的欧美设计化风格，成分表现出了"联邦快递"的快捷性。

4.2 日本型 CI

日本企业的管理思想历来深受东方文化影响，特别注重企业自身的内在修炼，非常强调传统文化的延续性。因此，日本企业导入CI战略时，往往在借鉴美国模式的同时，注重结合本国的国情和企业文化传统，强调形象和精神的一致性和整体性。日本把CI视为"问题解决学"。力图通过导入CI来认识自我，改造自我，超越自我，促进企业自身的完善。概括起来，日本型的CIS有以下这几个方面的特点：

A、除了强调视觉符号上的表现和传达之外，日本的CI尤其注重企业文化与经营理念的传达。

B、与偏重理性，强调制度条规的美式CI不同，日本企业强调人性管理，宣扬设计以人为主的宗旨。

C、在整个CI策划中，注重前置性的市场调查，经营策略的研究，未来发展趋势的规划等，因此日本的CI导入的时间较长，对企业的影响也更深入。

D、日本的CI模式最主要的特点是以公司内部为重点，整合全体员工的工作意识，确定企业的经营理念。

◆ 日本是一个很注重传统的国家。典型的民族图形，传统风格的书法和印章等，都在CI中被广泛地应用。这些视觉元素的应用，即体现了特殊的民族气质，又具有现代气息，在国际市场上树起了一面独特的东方文化的旗帜。

与欧美型 CI 相比，日本型 CI 是对企业理念与文化的探寻和再认知。整个 CI 策划是以企业理念为核心的。它侧重于改革企业理念与经营方针，在注重视觉美感的同时，还着重于从企业理念、企业行为等方面对企业进行综合性的整理。并从整体的经营思想、企业定位、价值取向以及企业道德入手来规范员工行为，从而带动生产，创造利润。日本的 CI 模式认为 CI 是有生命的，这种生命的延续就是企业发展壮大的源动力。企业的经营者可以变化，但继承和培育这种企业经营的宗旨不变，并将其视为企业生存的根本。重理念、重行为、重文化就是日本的 CI 模式和美国 CI 模式最大的不同。

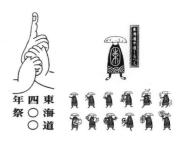

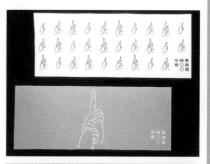

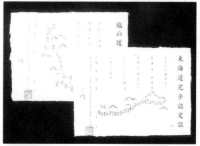

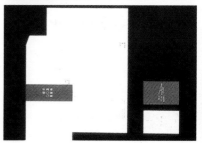

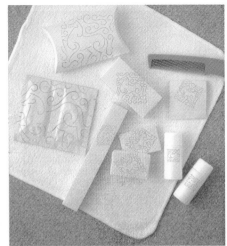

金馬飯店
GOLDEN HORSE HOTEL

◆ 与民族文化有机结合才能增强企业的民族化和个性化特征，所以金马饭店的形象设计方案吸收了很多中国传统的漆器回纹图样。

4.3 CI 在中国

CI 在中国大陆能够风行，并引起社会各界的关注，原因有如下几点：

首先，在市场经济体制建立的前提下，企业走向市场，成为自主经营、自负盈亏的主体。因此，在企业转换经营机制的过程中，在市场营销活动中采用全新的思维、全新的方法，运用 CI 战略去创建名牌产品、名牌企业，是提高企业整体竞争实力的有力武器和法宝。太阳神、李宁运动服、健力宝等都因导入 CI 战略，创立名牌脱颖而出。

其次，随着改革开放的深入，国外产品大量涌入国内市场，企业面临国际企业的激烈竞争，同时我国企业也面临着经营国际化，向海外开拓市场的局面。面对着竞争越来越激烈的国内市场和陌生的海外市场，以及国外名牌产品的冲击，中国企业导入 CI 战略就成为一个非常重要的抉择。世界上一些著名的企业，都是依托名牌产品攻城掠地，占领国际市场的。比如，在消费者心目中，一提美国就会联想到"IBM"、"可口可乐"、"肯德基"、"麦当劳"、"万宝路"；一提日本，就会联想到"丰田"、"佳能"、"索尼"；一提德国，就会联想起"奔驰"；一提法国就是"DIOR"。这些名牌企业和产品的形象往往与这些国家及民族的形象密切联系在一起的。而中国企业家由于长期缺乏名牌意识，忽视名牌创立，还拿不出有竞争力的产品参与国际竞争，所以在世界名牌企业、名牌产品的排行榜中可以说是寥若晨星。因此，为了迎接挑战，中国必须尽快导入 CI 战略，致力于创建名牌企业和名牌产品。

再次，随着市场经济的繁荣，商品供应的充足，经济收入的增加，文化教育的提高，人们的价值观念以及消费行为也随之发生变化。在一定程度上，消费者在购物时不再以物美价廉为唯一的选择标准，而对产品的心理品味和美感等方面的需求日渐提高。为了适应这一消费潮流，企业必须导入 CI，根据消费者的心理需求和价值导向对企业导入准确的 CI 意识。因此，必须考虑到我国社会和企业正处于不断变革、发展的阶段，沿海与内地经济发展的不平衡性，以及企业的现状、所处的国内外市场环境、社会环境和面临的各种问题等等，有针对性地采取阶段性的动态发展的导入战略，随企业、社会发展的不同阶段来确定 CI 导入的具体目标，又根据发展不断完善更新企业的 CI 战略。

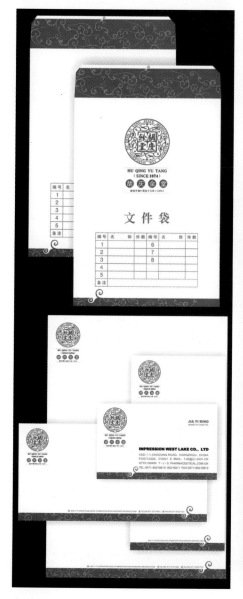

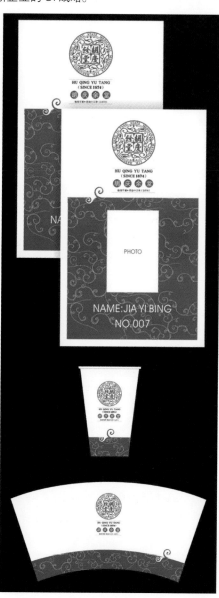

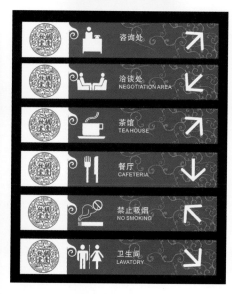

◆ 这套VI设计在传统性上做得更到位，不管是标志还是辅助图形，都极具传统文化性，使胡庆余堂老字号品牌体现出了它的历史。当然设计的手法不乏现代时尚性。

如何理解
"越是民族化，就越是国际化"？

理解这一点，其实我们可以看一下日本的CI发展历程，当今日本的CI已具有一定的日本特色，并被世界认同和学习，只有做出区别于别国的中国文化形象设计，才能超越外来优秀设计并被人认同学习，才能在世界的设计舞台上占有一席之地。当然，不是用旧如旧，而是要运用传统作出新的视觉设计。

从文化上看，必须与民族文化有机结合才能增强企业的民族化和个性化特征。也就是说企业CI的导入不能脱离民族文化的土壤，生搬硬套外国的CI模式，而应当汲取中华民族文化的精华，从而达到内可以"聚"、外可以"昭"的最佳境界。诸如中国民族文化中的"人和"思想，以及丰富的哲学、军事、政治谋略思想等等，都是中国企业导入CI的民族文化基石。不仅理念识别、行为识别要注重民族文化的个性，在视觉设计传达上也应考虑到民族情趣，符合民族心理，习惯和审美价值取向。只有这样才会为中国广大公众所认同，最终为世界所接受，"越是民族化，就越是国际化"。

总之，CI起源美国，发展于日本，我们引进、借鉴外国的CI的理论和技法，应用于我国，必须善于吸收、消化和创新，也就是说要把中国传统文化的精髓与现代商品经济的观念及现代西方企业管理的方法加以融合，才能创造出一整套具东方特色，又洋溢时代色彩的崭新企业文化和具有中国特色的CI。

◆ 中国导入ＶＩ设计后，出现了很多比较成功的形象设计。比如北京人民广播电台的形象。比之早期的电台形象要更具时代性和视觉冲击力，是政府项目中比较有突破性的一次设计。而苏州园区的形象设计也是比较成功的一个案例。设计师用一个绿色的扇形来象征新的园林城市苏州。扇形略带变化，显示了变化和发展。整个标志充满活力和动感。而广东科学中心以象征了云、海、元素结构的抽象图形来构成标志，充满了现代的气息和个性。

第二章

CIS 的组成部分

CI 系统是由 MI（理念识别 Mind Identity）、BI（行为识别 Behavior Identity）、VI（视觉识别 Visual Identity）三方面组成。在 CI 的三大构成中，其核心是 MI，它是整个 CI 的最高决策层，给整个系统奠定了理论基础和行为准则，并通过 BI（行为规范）与 VI（视觉形象）表达出来。所有的行为活动与视觉设计都是围绕着 MI 这个中心展开的，成功的 BI 与 VI 就是将企业的独特精神准确表达出来。MI、BI、VI 有机结合并标准化，共同构成企业对外形象展示、推广的基础。

案例
肯德基

肯德基是世界最大的炸鸡快餐连锁企业，其标志 KFC 是英文 *Kentucky Fried Chicken* 的缩写。经过半个多世纪的发展，肯德基在世界 80 多个国家，拥有了超过 11, 000 家的餐厅，成为有口皆碑的世界著名品牌。

60 多年前，肯德基的创始人山德士上校发明烹制了如今被称为 "家庭晚餐的替代 "即——提供完整的正餐给无时间在家烹饪、或不愿烹饪的家庭，他称之为："一周七天的星期日晚餐。"如今，上校的精神和遗产已成为肯德基品牌的象征，以山德士上校形象设计的肯德基标志，已成为世界上最出色、最易识别的品牌之一。

1987 年 11 月 12 日肯德基在中国的第一家餐厅在北京前门繁华地带正式开业，开始了它在这个拥有世界最多人口的国家的发展史。1992 年全国餐厅总数仅为 10 家，肯德基深入学习中国社会和市场，逐步打造具有中国特色的管理模式。到 1995 年，发展到 71 家。1996 年 6 月 25 日，肯德基中国第 100 家店在北京成立。随着公司管理经验的逐渐丰富，员工队伍的不断壮大和经营体系的日趋完善，肯德基在进入 21 世纪后大大加快了成长速度。2000 年 11 月肯德基在中国连锁餐饮企业中第一个突破 400 家餐厅规模。2001 年 10 月发展到 500 家，2002 年 2 月达到 600 家，11 个月以后的总数是 800 家。至今肯德基已在全中国 200 多个城市开设了 1400 多家餐厅，在中国餐饮业遥遥领先。18 年来，肯德基已经深深植根于中国，形成了一个高素质的团队和完整的管理体系。同时，中国肯德基也成长为中国餐饮业规模最大、收益最好的第一品牌，为推动整个产业的发展发挥着重要的作用。

M I（理念识别）：
肯德基在长期的经营过程中形成了自己一套完整的营销策略，从市场定位到规范服务都有自己的理念。

首先，肯德基以家庭成员为主要目标消费者，推广的重点是容易接受外来文化和新鲜事物的青少年。因此，一切食品、服务和环境都是有针对性设计的。肯德基在儿童庆祝生日的区域，布置了迎合儿童喜好的多彩装饰，一方面希望培养小孩子从小吃快餐的习惯，另一方面也希望通过小孩子的带动，吸引整个家庭成员到店中。经过调查，一个星期来一次肯德基的重度消费者几乎占了整个消费群的30% – 40%，对于他们来说，肯德基已经和生活环境、生活习惯联系在一起了。肯德基推广的不仅仅是饮食，而是一种生活方式，甚至是一种文化。其次，"CHAMPS"（即"冠军计划"）是肯德基取得成功业绩的精髓之一。其内容为：C（Cleanliness）——保持美观整洁的餐厅；H（Hospitality）——提供真诚友善的接待；A（Accuracy）——确保准确无误的供应；M（Maintenance）——维持优良的设备；P（Product Quality）——坚持高质量的产品；S（Speed）——快速迅捷的服务。

BI（行为识别）：

就经营模式来说，肯德基是以特许经营，即加盟店的形式，作为拓展业务的方式的。肯德基在进行特许加盟操作时，有自己的标准与规范，从而保证了肯德基的品牌形象。其次，肯德基采用的鸡肉原料100%全部来自国内。本着利益一致、共同进步的原则，肯德基与供应商结成了关系密切的战略合作伙伴关系。

除了产业链之间，以诚信共赢为原则的行为规范之外，肯德基为了快速发展，实现远景目标，在内部员工培训方面也投入了大量的资金和力量。从餐厅服务员、餐厅经理到公司职能部门的管理人员都按照工作的性质要求安排严格的培训计划。

同时，作为社会大家庭的一分子，在公共关系方面，当企业自身不断快速发展的同时，肯德基积极关心中国的公益事业，把"回报社会，关心儿童"作为一个回报社会的核心内容。据统计，十多年来肯德基直接和间接用在青少年教育方面及社会公益方面的款项已达6000多万元人民币，这些款项均用于帮助聋哑弱智儿童，贫困地区的失学儿童以及需要帮助的大学生等。

VI（视觉识别）：

肯德基的创始人哈兰．山德士上校一身西装、满头白发及山羊胡子的形象是肯德基经久不变的象征。肯德基的标记 KFC 是英文 Kentucky Fried Chicken (肯德基炸鸡)的 缩写。统一而亲切的企业名称、企业形象、以及标志、食品包装、员工服饰，还有加盟店的装修风格等等，这是肯德基能在世界范围内被消费者所认可的一个重要原因。

1. 理念识别系统（MI）

1.1 什么是 MI

企业理念就是一种精神，一种文化。美国著名管理学家托马斯·丁·彼得斯曾经说过："优秀公司的特点是有强烈的文化传统，这种文化传统强烈到使员工别无选择，要么顺应它，要么另谋高就。"如果说 CI 是企业经营理念、管理策略、广告宣传的统一规范。那么企业理念（MI）则是制定这一规范的原则，是企业整体的价值观。它的形成往往来自企业领导人对企业存在意义、社会使命、发展方向和发展目标的认定。他不是企业领导的即兴发挥，而是在对企业经营意向、经营历史、资源配置以及企业内外环境等多种因素分析研究的基础上形成的经营理念。它体现了企业存在的社会价值，往往被视为决定经营方式的指导性原则。惠普公司对"HPWay"惠普之道的发扬光大；摩托罗拉对高尔文"摩托罗拉大家庭"理念的继承；戴尔公司对戴尔本人"效率至上"原则的热爱，都是这些公司文化的重要组成部分，是他们凝聚员工的独特的方式，也是这些公司取得成功的重要内在动力。

1.2 MI 的特征

企业文化建设的根本要义在于建立既深刻体现企业家战略思考，又全面反映员工共同意志的全员认同的价值体系，是企业的基本精神，统帅其他工作的核心。企业的所有决策都应以企业理念为准绳。一个好的理念识别系统，应当是对本企业基本政策和基本问题深刻而明确的回答，以及在此基础上形成的具有主体意识和竞争意识的企业价值体系和经营哲学。企业文化与战略之间应该是一种互动的关系。只有基于对企业战略的深刻洞察与前瞻把握，才能形成真正符合企业实情，对企业发展具有切实指导意义，能够真正融入企业经营管理之中而不是脱离于企业经营管理之外的文化体系。反过来，与战略有效互动的企业文化建

◆ CI的组成部分这是LEVI'S女装的全新形象，摩登时尚女郎的剪影造型为主图形，代表女性的粉红色彩为主基调，柔美的底纹，简洁而有效的形象设计手法都是为了"宣扬年轻时尚"，这个理念服务的。

设必然成为推动公司管理提升与战略成长的强大精神动力。企业理念不是几句简单平淡的标语口号，应当是深刻、简洁、富于哲理和耐人寻味的。

A 目标性

明确目标是什么，对一个企业来说是至关重要的。"我是谁，为了谁"体现的是企业的使命和核心价值观。二战时期的可口可乐是以象征美国文化为自己的目标理念进行推广的。因此，从那时起，一直到现在，人们只要看到可口可乐，第一个反应就是美国。可以说，正是这个雄心勃勃的目标成就了可口可乐的今天。

B 文化性

文化性是一个宽泛的概念。企业理念要具有文化气质，也包含多方面的含义。首先是继承性。优秀传统文化、道德规范及处世哲学是一笔丰厚的、特有的精神遗产，能唤起人们对企业历史形象的回忆和思念，激发社会大众的共鸣。因此，好的企业理念一定是建立在继承优秀传统的基础上的，尤其是中国这样一个有着 5000 年历史的国家。

其次，好的企业理念还体现为以人为本。一方面，顾客和消费者是企业服务的对象，是"上帝"。另一方面，员工是企业的内部动力，员工也应该至上。全球最大零售商沃尔玛公司从 1962 年到现在，一直坚持善待员工。宝洁公司的理念是"我们要使员工的利益成为我们自己的利益"。

◆ CI 的组成部分作为一个运动性比赛，用自由手绘的鸟和鱼来构成标志，用寓意的手法显示了活动项目的开阔性和挑战性，大有"海阔凭鱼跃，天高任鸟飞"的气势。

◆ 用红色来做牛奶品牌形象的主色，跳开了以往以蓝色和白色为主的模式，达到了一个焕然一新的形象视觉特点，在同行中引人注目，脱颖而出。

C 差别性

一个好的理念是企业的精神财富，它反映了企业的信念和追求，是企业意志的人格化。它不是凭空产生的，也不是强加到企业头上的，而是根据企业性质、产品特点、市场变化、竞争对手特点等许多情况来确定的。面临一个目标市场和数量众多的竞争对手，不注意理念的个性特征，最终是达不到预定设想的。

案 例：

欧莱雅

培养"未来企业家"是欧莱雅自创始以来恒定的员工培养目标，也是形成今天欧莱雅独特文化的根源。

随着跨国企业在中国的发展，大量外籍雇员也开始进驻中国。但欧莱雅中国区总裁盖保罗第一次来到中国就公开宣称："我就把赌注都放在了中国人身上。在中国经营生意，最好的人选应该是中国经理人。"历经9年，今天欧莱雅绝大部分品牌经理、市场总监和销售总监都由中国人担任。

欧莱雅的员工从一开始，就着力于锻造一种独立的企业家精神，能够以对待自己生意的态度去投入工作，具备很强的责任感。不仅能独立决策，还可以自我驱动。正是这样一支本土化的团队，将欧莱雅送上了中国化妆品行业销量第二的位置，并连续5年以两位数的高速度猛增。欧莱雅也成了中国市场最著名的跨国公司之一。

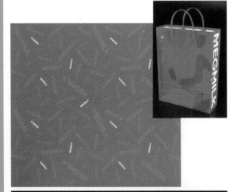

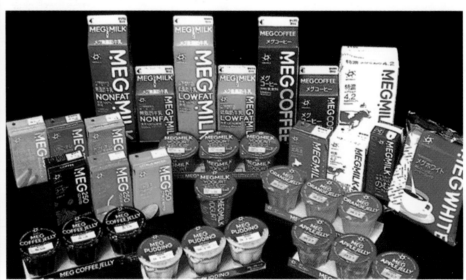

◆ 模拟分子形的标志图形，明确表述了化工企业的特点，蓝色的基调代表环保节能的理念。

松下电器

松下电器产业株式会社创建于 1918 年，创始人是被誉为"经营之神"的松下幸之助先生。在创立之初，松下幸之助先生就为企业制定了"企业是社会的公器"、"通过生产和销售活动力求改善和提高社会生活水平，为了世界文化的发展作出贡献"的经营理念。经过几代人的努力，松下电器发展成为遍布全球 45 个国家和地区，拥有 628 家企业，全球职工人数达到 33 万人的世界著名国际综合性电子技术公司。2005 年度销售额为 814.36 亿美元，在世界 500 强中排名第 25 名。

在松下的文化中，"和宇宙万物共存，实现有协调性的繁荣"，是人类的使命，也是松下的使命。1991 年，松下电器就制定了环境管理基本方针，发表了"环境宣言"。2001 年，松下电器制定并发表了在 7 个领域内的环境改善方向的"环境理想"及规划了未来 10 年的"绿色计划 2010"。松下电器自觉地肩负起人类被赋予的使命，承担企业的社会责任，为继续保证地球的平衡健康状态作出了不懈的努力。保护环境、与地球环境共存是松下电器的理念和文化，也成为其重点事业之一。

如何理解理念识别系统？

当正确的理念识别系统出台之后，视觉设计者应当认真地去阅读和理解这一系统，而不是简单粗略的泛泛而读，这将导致后面视觉识别设计的偏差或错误。视觉设计的图形或文字都是为了理念而服务，设计的准确与否都将决定理念实施的成败。

如何体现企业特色?

这是在设计之前就应该去思考的问题,在设计之前就应该考察企业的文化、企业的属性、企业的经营特点、企业的理念、企业的发展定位等等,这些都将影响到你最后设计出现的效果,设计的形式主要由这些内容决定,设计的任何细节都要为这些内容去服务。当然设计也要有一定的艺术性、时代性、超前性。

可口可乐

什么样企业的历史可以成为一个国家的历史和文化的重要组成部分?

作为一个几乎与美国历史一起发展的品牌,可口可乐已经成为美国国家历史的一部分。更进一步说,可口可乐是美国大众消费文化的重要组成部分和不可替代的象征,并且把这种文化带到了全世界。《商业周刊》曾以696. 4亿美元将可口可乐列为世界品牌之冠,紧接着的是微软(40. 9亿美元)。如果说微软是凭着无人能比的高科技成为市场霸主的话,可口可乐又是凭什么,成为超过微软的天下第一品牌的呢?

根据可口可乐公司的记录,1886年可口可乐成立时,平均每天卖出9瓶。而今天,全世界155个国家的顾客,平均每天喝掉3亿9千3百万瓶可口可乐。百年历程,可口可乐经历了无数次的市场洗礼与变化,但它的承诺未变。可口可乐的存在,是为了使每一个从事可口可乐事业的人获得物质利益与精神振奋(The Coca-Cola Company exists to benefit and refresh everyone who is touched by our business)。

可口可乐稳定而永不改变的理念就是:"当我们能够使员工快乐、振奋而有价值,我们就能够成功地培育和保护我们的品牌,这就是我们能够持续地为公司带来商业回报的关键!"

2. 行为识别系统（BI）

2.1 BI 意义与作用

BI是指企业所有工作者行为表现的综合，以及企业制度对所有员工要求和生产经营活动的再现；是CI战略的动态识别形式，是实践企业经营理念的准则。它展现出企业内部的管理方法、组织建设、教育培训、公共关系、经营制度等方面的活动。如果说MI是企业的心脏，那么，BI是企业的四肢。企业行为识别系统应以企业理念识别为核心，以实现企业重塑形象为目标。它是企业理念的升华，是MI的直接体现。理念就像人的内在修养，尽管能在直觉上让人感觉，但最终还需要通过行为表现出来，而且行为的实现能丰富人的内在涵养，使人的气质得以升华。如果一个企业的产品和服务质量低劣，无论口号喊得如何漂亮，广告做得如何诱人，也无法得到社会公众的认可，更谈不上塑造良好的企业形象。只有将企业理念化成每一位员工精神的一部分，贯穿到员工的一言一行，企业的面貌才能焕然一新，才能赋予VI富于魅力的内涵，才会得到社会公众的认同，企业CI战略的实施才能够卓有成效。

行为识别在实施过程中必须进行系统全面的培训和全方位的宣传教育，这样才能提高企业员工和管理人员的素质和水平，增强企业参与竞争、接受挑战的能力。员工教育是将企业理念贯穿于行为的基础；制度和规范是建立行为识别系统的有力工具；卓越的管理是行为识别系统顺利实施的保证。

◆ 从这一个案例中可以看到，CI成功地应用到了企业的各个方面：从产品包装到经营店的装修、宣传手册、员工的服装、运输车辆等。这些不仅为服务提供了很好的空间，也积极地和企业行为系统产生着互动，从而形成了一个有效的整体形象。

2.2 BI 的具体内容

企业行为识别系统的具体体现为两方面：一方面它以高素质的文化服务取悦于公众。另一方面它以一整套行为规范制约员工。对外识别包括营销活动、公共关系、社会公益等，对内识别包括公司内部的组织管理、宣传工作、员工教育、职业培训等等。任何一个企业都不是孤立存在的。处在社会的大环境中的企业，每时每刻都要和方方面面发生关系：从政府、工商、税务、公安、银行、交通、学校、科研单位、新闻媒体，到广大消费者。如何增进相互了解从而减少摩擦，争取最大"互利"，是摆在每个企业面前的重要问题。若能正确地处理好这类关系，将有助于企业奋斗目标的实现。企业开展的促销活动、社会公益活动等都是通过外部行为的方式来塑造企业的形象。

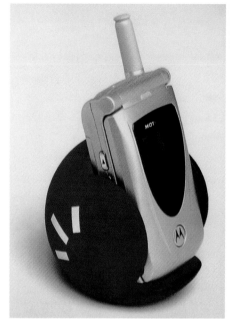

内部行为识别最重要的是对企业员工教育，因为他们既是受教育者，又是向外界传播的媒体，两者互相促进、相得益彰。如果员工不能通过他们的行为和态度，成功地对自己的形象进行传播的话，那么再好的广告也将是无效的。教育并不意味着采用强制性的手段将企业的经营思想灌输给员工，而是要鼓励员工发挥自身主动性，在明确理念的过程中，积极提出有价值的意见和建议。发动员工参加"让企业理念在工作岗位上再生"的活动，让员工结合自己的具体岗位来贯彻、体验、熟知企业理念，进行自我启发、自我教育。

企业是否取得成功，在于该企业的价值观是否成为全体员工共同遵守的行为准则。企业职工作为社会中的一员，因其文化背景、社会经验以及时尚影响的不同，行为准则和理想目标不可避免带有个人色彩。但正如一个公民受他所属国家所倡导的基本价值观的影响一样，一个员工肯定也会受到企业价值观的影响。而且这种影响是双项的。一方面，企业的价值观影响了员工的言行。另一方面，个体员工的言行也会对企业的形象产生影响。当企业的个体与其他企业的人员接触时，个体的行为往往就成了他所属企业的象征和表达。正如一个中国人在外国，不管他是好是坏，外国人通常会把他的行为特点与中国人和中国文化联系起来一样。如果把一个企业视为一个国家，一个国家的人民如果放弃了共同的理想，不遵守共同制定的行为规范，这个国家的发展则是无法想象的。

对一个企业来说，规则的制定也是必须的。在企业内部，不管是上下级，还是同级之间的交往和沟通，都必须是有规则、有仪式的。如果没有这些仪式存在，社会交往将失去一定的准则。在微软公司内部，所有的人都必须以先生、夫人或小姐相称，这就是一种由企业推行的文化仪式，它使公司的每一个成员感到自己是受尊敬的一员，在文化层面上造就了一种平等。

3. 视觉识别系统（VI）

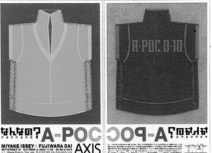

3.1 什么是 VI

VI 是英文 Visual Identity 的缩写，意为视觉识别系统。VI 包含识别标志、品牌商标、广告宣传和企业主色调等等。它将企业理念、企业规范等抽象概念转换为具体符号，以标准化、系统化的手法，对外传播企业的经营理念和创新活动等信息，从而塑造企业独特美好的视觉形象系统。VI 是企业形象的静态识别符号，是 CI 的视觉载体。VI 的传达直观，项目广泛，是 CIS 的基础，被喻为企业的服装。VI 分为基本系统和应用系统，基本系统要素有：企业标志、企业标准字、企业标准色等。应用系统有：企业用品，如公文纸、名片、工作证等，宣传媒体，如交通工具、视听媒介、员工制服、产品包装等。

值得注意的是，CI 战略是一个系统，具有整体性。对 CI 来说，MI、BI 和 VI 三者相辅相成、相互支持的。其中理念识别是基础，行为识别是导向，视觉识别是桥梁，三者互为因果，共同作用，缺一不可。MI 的重点在心、在精神，它是企业 CI 战略系统的原动力。BI 的重点在人，是企业中人的因素的综合，是人的主观能动性的反映。VI 的重点在物，是一种媒介或载体，承载着 MI、BI 的全部内涵，并通过可视体表达出来。

◆ *时尚的图形和明快的色彩赋予品牌独特的形象，有效地传达了企业精神。这就是 VI 的力量。*

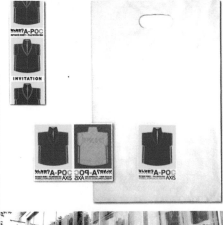

3.2 VI 的内容

VI 设计内容通常包括基础部分和应用部分。

基础部分

基础部分（品牌标识、标准字体、品牌色彩体系、标志字体组合规范）。基础部分的建立是指导品牌形象建设的有力工具，它把品牌标识作为视觉形象的中心点，通过品牌色彩、标志字体等来强化品牌个性，达到品牌视觉的差异化。基础系统的建立有效地指导了应用系统的延展和执行。

1、企业标识规范

1.1 标志——企业形象的核心元素

1.2 标志释义——阐释标志所体现的企业精神、理念或行业特征

1.3 标志反白效果稿——使标志的正负表现形态及相互关系更为清晰

1.4 标志方格坐标制图——保证标志在各种应用场合准确再现

1.5 标志最小使用规范——限制标志的最小使用尺寸，保证形象传达的准确

A-109-1 艺术节标志与书法字体标准组合黑稿处理

2、企业标准字体

2.1 中（英）文全称（简称）横式（竖式）设计规范——作字体和比例的规范

2.2 中（英）文全称（简称）横式（竖式）反白效果——使标志的正负表现形态及相互关系更为清晰

2.3 中（英）文全称（简称）横式（竖式）标准制图——保证标准字在各种应用场合准确再现

A-109-2 艺术节标志与书法字体标准组合负形处理

3、企业标准色（色彩计划）

3.1 企业标准色（印刷颜色法）——保证标志中的色彩在各种应用场合准确再现

3.2 辅助色系列——加强标准色在实际应用中的表现力

3.3 明度应用规范——适合各种印刷纸张的明度对比

3.4 标准色、辅助色色阶——更细致地说明标准色与辅助色的色彩关系

3.5 色彩搭配专用表——规定标志在不同底色下的表现形态

A-109-3 艺术节标志与书法字体标准组合线形处理

4、企业吉祥物造型

4.1 吉祥物造型创意释义——解释吉祥物的创意思路及所体现的深度内涵

4.2 吉祥物基本动态造型——规定吉祥物的一种基本形态

4.3 吉祥物基本动态造型坐标制图——保证吉祥物的基本形态在各种应用场合的准确再现

4.4 吉祥物各种动态造型——在基本形态的基础上丰富吉祥物的造型以适用于不同的场合

4.5 吉祥物造型应用规范——规范吉祥物使用的可能性及与其他基本元素之间的关系

5、辅助图形

5.1 辅助图形彩色稿、墨稿（单元图形）——充实企业形象，丰富标志的具体应用

5.2 辅助图形标准制图 ——保证辅助图形在各种应用场合的准确再现

5.3 辅助图形延展效果稿 ——提供辅助图形可能出现的不同效果

5.4 辅助图形使用规范 ——以图示的方法规定辅助图形的比例及色彩关系

6、企业专用印刷字体设定

6.1 中文专用印刷字体设定 ——规定除标准字外企业可用的其他中文字体

6.2 英文专用印刷字体设定 ——规定除标准字外企业可用的其他英文字体

7、基本要素组合规范

7.1.1 标志与中文（英文）全称（简称）横式（竖式）组合

7.1.2 标志与中文（英文）全称（简称）横式（竖式）组合反白效果

7.1.3 标志与中文（英文）全称（简称）横式（竖式）组合标准制图

7.2.1 标志与中英文全称（简称）横式（竖式）组合

7.2.2 标志与中英文全称（简称）横式（竖式）组合反白效果

7.2.3 标志与中英文全称（简称）横式（竖式）组合标准制图

7.3.1 标志与辅助图形组合

7.3.2 标志与辅助图形组合反白效果

7.3.3 标志与辅助图形组合标准制图

7.4.1 标志与标准字、辅助图形组合

7.4.2 标志与标准字、辅助图形组合反白效果

7.4.3 标志与标准字、辅助图形组合标准制图

8、禁止要素组合规定

8.1 错误图形排列

8.2 错误字体排列

8.3 错误色彩排列

8.4 网页视频上要素禁止组合规定

应用部分

应用部分（名片、信纸、信封、传真纸、资料袋、路牌、交通工具、服饰等）。应用部分与受众直接接触，它是基础系统的延续，通过这些要素的视觉塑造，有力地保证了品牌视觉印象的统一。而企业的品牌理念、核心价值等也正是在这个应用的过程中得以传播的。视觉识别系统并非简单的视觉表现手段，它是建立在视觉传播理论、视觉传达设计和视觉传播媒体控制管理的基础上的一项系统的科学的传播工程。将企业的信息概括、提炼、抽象并顺利转换成企业视觉符号，是整个传播工程的关键。企业形象概念具有与之相对应的设计概念。设计概念是一个有机的结合体，它由各种具有共性的相关的要素组成，组成的结果带有鲜明的和典型的个性特征。要达成企业识别，使视觉形象各要素符合企业的个性，还在于选择合适的设计题材和造型要素，形成统一的有机生命力的设计系统，采用科学的媒体策略，做有效的长期的传播。同时，世界上不存在"最完整的应用项目设计"，事物是永远发展变化着的，我们需要的项目也是不断发展变化着的。

(一). 办公系统规范

1、名片
    一般员工名片
    管理人员名片

2、信封
    5号、7号、9号国内信封
    国际信封

3、信纸
    彩色信纸
    单色信纸

4、传真纸

5、工作证
    封面规范
    内页规范

6、员工胸卡

7、公文袋

8、便笺

9、文件夹
    彩色
    单色

10、职位牌

11、企业徽章

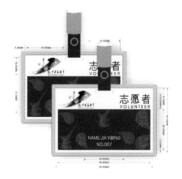

12、员工手册

　　封面规范

　　封底规范

　　内页标识规范

13、培训证书

　　封面规范

　　封底规范

　　内页标识规范

14、名片座

15、纸杯

16、即时贴标签

17、包装纸

18、财产编号牌

19、工作单据

　　订车单

　　出货单

　　请假单

　　通知单

　　请购单

（二）物质环境系统规范

1、室外环境

1.1 旗帜规范（2号旗、3号旗、4号旗）

1.2 名称牌（立式、坐式、附着于墙体式）

1.3 大门外观标志名称

1.4 户外方向式四面指示系统

1.5 户外立式单面指示系统

2、室内环境

2.1 接待台及背景板

2.2 大门入口道路指示标牌

2.3 公司平面图规范

2.4 室内挂式导向牌

2.5 室内立式导向牌

2.6 各楼层指示系统（立式、吊挂式、附着于墙体式）

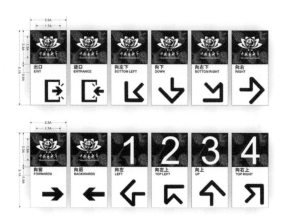

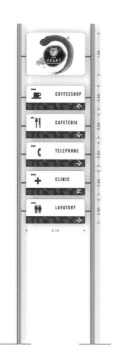

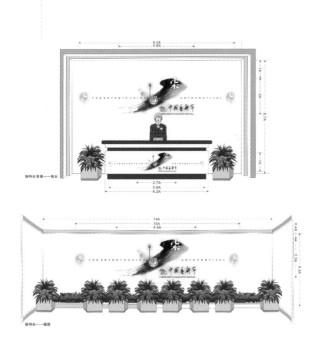

2.7 各部门形象标识牌（总经理室、财务室、会议室、市场部等）

2.8 公共区域标识符号系统

3、展示陈列

1 展览会展位标识、色彩规范

2 产品展示台规范

3 企业宣传布告板

4 企业展板标识、构图、色彩规范

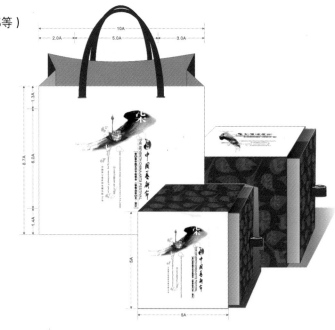

（三）宣传系统规范

1 形象广告路牌

2 内部报刊刊头设计

3 悬挂式 POP

4 立式 POP

5 纸基手提袋

6 塑基手提袋

7 贺年卡

8 贺年卡专用信封

9 报告封面

10 请柬

11 邀请函

12 宣传用礼品（T恤衫、工作帽、钥匙链等）

13 报纸杂志广告版式规范

（四）公关形象系统规范

1 主页构图及色彩规范

2 分类网页构图及色彩规范

3 男式工作服标识规范

4 女式工作服标识规范

5 小轿车外观标识规范

6 面包车外观标识规范

7 运输货车外观标识规范

8 大型客车外观标识规范

CI 手册

为了确保 CI 概念准确无误地应用，创造完美、统一的企业视觉形象，必将对 CI 基本要素及其应用的规定与方法编辑成一份权威性的指导文件，即企业识别手册（Corporate Identification Manual），简称 CI 手册。如果没有它，对 CI 计划的管理将十分困难，甚至不可能。CI 手册就像企业产品的技术标准、管理条规，严格规定了企业各类物品的规范标准和复制要求，保证无论何时何地在与该企业接触中，其形象都能以同样的视觉语言传达出来，达到一致的目标，它还能使各类广告及传媒保持一定的设计水平，方便内部管理，增加效率，节约成本。

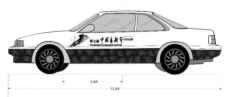

4. 导入 CI 的一般程序

当一个企业开始意识到自身的问题，感到导入 CI 系统的必要性时，应该说这个企业就开始跨入了一个新的发展阶段。

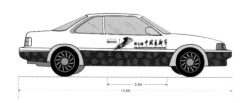

首先，要抓住导入 CI 的正确时机。导入时机决定了 CI 设计的初步方向，决定了设计的定位。设计前的信息调查、理念提炼对视觉设计的表现形式、VI 系统的完善，以及整个 CI 手册的实施等都起了重要的作用。一般来说，在新企业建立或在向市场推出新产品时导入新的 CI；利用企业的纪念日来赋予企业新的理念；当企业的经营理念、业务范围、市场定位发生变化的时候都是导入 CI 的好时机。

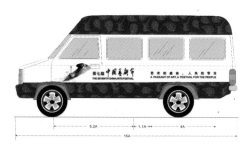

其次，企业决策者根据企业内部现状和市场发展方向与环境条件，确认企业形象的认知与提升的现状，并提出 CI 计划的设想。由办公室、宣传部、营销部、公关部、广告策划部、财务部等部门的人员共同成立委员会，专门负责整个 CI 计划的日常工作。包括负责落实 CI 计划、开展 CI 战略的宣传教育、调查企业的经营情况、内外部信息的传达、经费的预算、时间进度以及有关部门的联络工作等等。

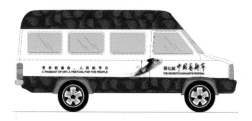

再次，经过提炼理念阶段、企业行为识别阶段、视觉识别设计阶段、CI 手册编辑阶段、发布和实施阶段，最终完成整个 CI 的导入。其中形象视觉设计阶段是整个 CI 计划中非常重要的阶段，新的企业识别系统要能提升企业的知名度和在大众心中的影响力。可以说，这直接关系到了导入 CI 的成败。

第三章

VI 设计的内容

1. 标志设计

标志（LOGO）是以特定、明确的图形来代表事物的视觉符号。通常是为一个企业、一种商品或者一个活动而服务的。它不仅起到单纯指示事物存在的作用，更重要是以具体可见的图形表达了企业或者商品的抽象的精神内容。虽然各有侧重，但它和信号、符号或者商标一样都是符号化的视觉语言。相对来说，信号是针对反应而言的，是指经由知觉感受的反应而引发联想。如看到"梅子"会感觉酸的刺激，看到火会感觉热。而符号则更强调指示明确。符号是将事、物、现象传达给大众，具有约定俗成的意味，比如交通符号、厕所符号、数学符号等等。当人们看到 ⊘ 就知道不能停车，所以符号是具有明确的指示和意义。商标则是具有商业行为的标志，具有说明企业、品牌、质量、信用的性质与机能。

1.1 标志的特点

A.权威性

在消费者心目中，标志就是企业的品牌，就是品质的代表。对企业来说，一件打上标志的商品，就是对商品的价值、质量和效能的一种担保和承诺。对消费者来说，买了有品牌标志的商品，就等于买下了放心的质量和信誉的保证。权威的标志给人以亲切、可靠、信赖的感觉，对于促进销售起着不可估量的作用。

耐克公司是世界运动和健康产品的领导者,并以其年轻活力的时尚感成为年轻人心目中一种时尚生活的象征。在数量众多的运动商品中,耐克的标志可以说是最容易被人记忆并识别的。同时,也只要是印有耐克标志的商品,都给人一种年轻、健康、高质量的印象。这足以看出权威性标志对企业产品销售起到的巨大的作用。

以希腊胜利女神命名的耐克公司的创办者是田径教练比尔·鲍尔曼和运动员菲尔·奈特。其公司的前身是美国蓝带运动公司。"耐克"的目标是成为运动鞋的领先者。为此,投入了大量的研究,从而开创了轻型设计的技术革新。美国航空航天局的前工程师弗兰克·鲁迪研究并设计出被称为"耐克空气"的气垫鞋,这个技术革新给"耐克"带来了世界范围内的成功。

传播推广活动中安德烈·阿加西、鲍·杰克逊和迈克尔·乔丹等大牌的明星代言,树立了耐克全新的运动时尚形象。1988年,针对巨大的消费群,耐克将竞争精神转化为广告语——"just do it",并通过对新生代所崇尚的生活方式的表现,使"耐克"精神深入人心,成功地占领了市场。

关于耐克的标志有很多传奇的故事。稍微可靠的说法是,标志的原始设计出自一名叫卡洛林·戴维森的学生之手。设计是一个类似于飞动翅膀的Swoosl1标志,以轮廓线作为标志的背景,用小写的斜体字表示耐克。他也因为这个标志获得了35美元的报酬。几十年过去了,这个标志伴随"耐克"经历风风雨雨,终于取得了今天这样辉煌的成功,成为了一个时尚的流行符号风靡全球。

B.识别性

视觉形象的创造是以符合企业的身份、特色、精神文化为前提的，是为宣传企业形象服务的。因此，它必须有可视性和可读性。识别是标志的最基本的功能。对外界来说，企业标志与企业本身是无法分开的，它是整个ＶＩ设计中最重要的视觉符号。

优秀的标志设计，不但要能体现企业的内容、性质，还要具有鲜明的个性。让大众在短时间内就产生深刻的印象。标志在形式上具有高度的识别性，才能更好体现企业特色。

◆ 经典设计书店的标志形象很好地体现了企业的服务内容。具有很强的特点和识别性。

◆ 标志在各行各业的 V I 设计中，标志的重复使用，能增加消费者对产品的认知度。这是最好的广告。

C.传播性

虽然标志不像符号那样有明确的指示含义，但代表和传播一定的信息也是标志的一个重要作用。企业通过标志树立自己的形象，给公众留下美好的、独特的印象。公众通过标志认识和了解企业。

相比较语言明晰具体的特点而言，图像则具有抽象多义的特点。标志就是通过抽象的图形将企业理念表现出来，并引起公众的思考和想像，以此来达到宣传的目的。

◆ 下面两个案例都是来自餐饮业的。一个是蛋糕零售企业的VI设计案例。在这个案例中，用象征阳光和温暖的黄色作为形象的主色调来突出餐饮业的特色。用幽默的插画来象征服务，使整套形象轻松而简洁。另一个是一个咖啡店。简单的文字构成和再生纸的材料应用体现了现代人对轻松生活的向往和追求。同时辅助图形，形象地点出了咖啡服务的主题。由这两个案例，可以看出设计的传播性特征。设计是为宣传企业形象服务的。

D.简洁性

由于标志设计特殊的艺术形式和社会功能，它的思维方法、表现手段、艺术语言和审美观点都不同于一般的艺术创作。

标志设计不是设计师或艺术家随意的作品，它是有目的和功能的。前文所述的标志的权威性、识别性、传播性就是其功能的要求，但作为视觉设计的一部分，标志也有审美的要求。如果说油画的艺术语言是色彩，中国画的艺术语言是笔墨，标志的最大审美特征是简洁。人对形象的认识能力受到了时间和速度的限制，因此只有简练清晰的视觉效果才能在短时间内散发出强烈的感染力，并在公众的记忆中留下印象。

◆ 标志简洁的只有两个标点，但亮丽的荧光色彩、绚烂的图形及独特的编排设计，烘托出了一个年轻而具有活力的时尚品牌。也正因为标志的简洁，使传达变得更为清晰有力。

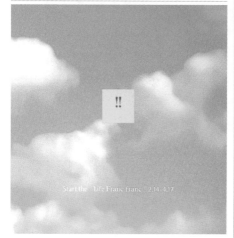

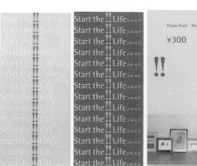

E.时代性

企业标志既是企业信誉和产品质量的保证，又是识别和购买商品的依据。这种信誉是企业几年、几十年，甚至上百年才培植出来的。虽然形象作为企业的无形资产，不能轻易改变。但面对瞬息万变的时代和快速发展的商业活动，以及人们生活方式、流行导向、消费观念的变化，标志也必须适应时代，与时俱进。这就要求标志要不断在细节上进行调整。

现代感是一个很抽象的概念。它是和社会的审美趋向、人的观念的发展紧密相关的。赋有现代感的设计可以说是流行的设计，或是时尚的设计，有很深的时代的痕迹。标志设计中的现代感，在一定程度上就是图形和色彩的现代感。具有动感的抽象图形，个性化的字体设计，注重颜色搭配的图案组合，这些元素的应用都可以增加标志的现代感。

◆ 这两组是不同的产品视觉系统。一个是服装类产品，一个高档的GOLF运动俱乐部。一个利用字母的重叠，营造现代的时尚感。一个从英文名称的首字母和高尔夫球场的造型出发，准确而现代的传达了信息。

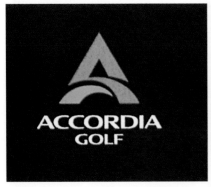

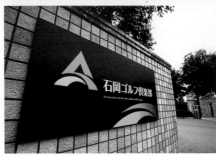

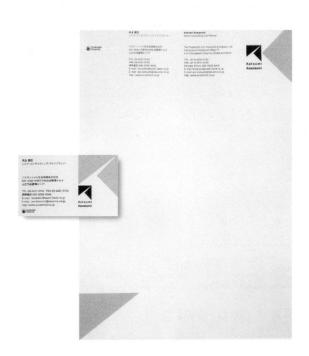

◆ 在这个设计中，设计师抓住了生活中常见的折纸现象，利用两个三角形的巧妙大小组合运用，让人产生折纸的错觉。视觉简练而具有变化，现代而有趣味。

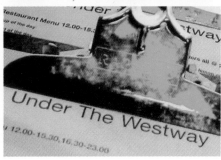

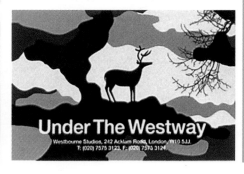

1.2 标志设计如何构思

标志构思的过程是一个思路展开的过程。灵感不是凭空产生的，一靠调查的准确性和深度；二靠平时的知识，包括美学、语言学、市场学、经济学、营销学等多方面的知识积累；三靠艺术表现技巧，离开它就不能准确表达自己的构思；四靠经验的积累，应当从实践中掌握规律。

要深入了解企业，对其进行全面地调查和了解，并把调查的材料进行整理和归纳，才能找出构思的突破口。产品的外形、功能，企业的地理环境、远景规划、服务特色等，都可能触发我们的灵感，成为设计的来源。在具体设计标志的时候，要灵活的运用美学中的构成原理或形式法则，如对称、韵律、对比、节奏、特异、重复等等。当然，现代设计的表现手法和风格也是多样的，插画类的，几何类的，立体感的，单纯文字等等，都可能在标志设计中被采用。

◆ *标志的灵感来自于企业的名称。英文名称被完全融入进鱼形的标志图形中，使标志就具有了独特的视觉识别性，再加上美观的辅助图形的应用，形象被赋予了强烈的视觉特征。*

"Ä"GENT
BAR & GRILL

◆ 智慧而幽默的手法是该设计的精彩之处。简单的两个黑点赋予了A字母特殊的含义。几何和卡通，抽象和具象也仅仅只差那么一点点。

1.3 标志设计的规范化

标志是企业形象的代表。在实际的使用过程中，会遇到很多具体的情况，比如大小、材料、色彩等的变化。为了保证标志在展开运用时更加完善，避免在应用过程中出现变形、异化等情况而造成的对企业形象认知的削弱或误解，必须对标志的使用设立一定的规范。规范的目的在于树立系统的权威，以此来保证企业形象的统一和完整。标志规范化作业主要包括：标志制图、标志尺寸、变体设计的规定等。

标志应用的范围非常广泛，标志的制图是必要的准备工作，它包括线条的长短粗细，甚至弧线的角度。

标志在应用时的尺寸变化也是跨度很大的。放大到如高速公路的路牌，缩小到如名片、信封。当放大到一定程度的时候，可能会形成视觉上的空，不够紧凑感；而缩小到一定尺寸时，又容易出现模糊不清、粘成一团的现象，这些对于企业形象的传播都非常不利。为了确保标志放大、缩小后的视觉同一性，必需针对标志应用时的大小尺寸制定详尽的规定，如规定标志缩小使用的最小尺寸，以杜绝随意缩小，破坏原有造型特征的情况出现。

在标志的使用时，针对印刷方式的不同或制作工艺的要求，需要制作各种变体设计，以适合不同的设计表现，一般表现形式有：空心、网纹、反白、线条粗细、色彩与黑白等等。如苹果电脑公司标志的标准设计是由红橙黄绿蓝紫六色组成，实际使用时，可根据具体情况，使用单色或反白表现。

什么是标志的延展性？

延展性简单点说就是操作性、制作性。现在很多设计师在设计标志图形时，很少考虑标志今后的具体制作等实施细节，特别是刚从学校毕业的同学，在工作实践中经常会遇到由于太按自我意识设计的标志，由于后期制作无法实现而不得不进行调整或重做，这也由于经验的缺乏，所以在设计时就应该考虑到。如：标志的模型制作，色彩渐变太过于复杂或标志中运用了照片等因素，这就会导致制作立体模型时的难度或不可操作性。还有在特种印刷时，照片等图形就会使印刷工艺范围受限制，而平面化的图形印刷工艺就可以有多种的变化。

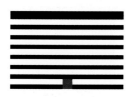

2. 字体设计

字体设计是企业识别系统中最重要的要素之一，不但是信息传达的手段，也是增强视觉表现力的一种不可缺少的要素。标志更多地是图形形态的符号，字体则因其文字的可读性、说明性等特征，成为辅助标志传达信息的重要补充。

有些与标志同时使用。这种字体通常不是专门设计的，而是从通用的印刷字体中挑选的，确立常用字体时要注意与标志的感觉相呼应。应尽量选择常用的字体，如黑体、宋体、圆黑体、综艺体、等线体等，过于繁琐花俏的字体不适合作常用印刷字体。

有些企业由于经营范围、产品类别、活动区域、组织结构等方面的原因，单一的字体不能满足其需要，而需要专门的字体来突出企业个性，塑造企业形象，增进市场信誉。这些字体本身可能就发展成为标志。随着市场的发展，个性化字体的设计在现代标志设计中占有越来越重要的地位。

南青山画廊

GUOSHENG DECORATING

国土地図株式会社

车都世家

凯德汽车
KIND

長野胃腸病院

横瀬建設株式会社

寿康会病院

◆ 这是一个房地产标志设计的案例。经过设计师和企业两个多月的交流，最后确定了标志方案。以案名："雍江苑"为主体，便于传播和沟通。"雍江苑"的字体设计和建筑风格异曲同工，方中带圆，既像建筑本身又酷似古代皇家的玉玺，既现代又具传统经典气质。标志下半部为英文案名："Riviera"，象征江水，巧妙地与中文相呼应。在这个标志的设计过程中，字体风格的选择、细节笔画的调整等都是重要的。

标志中图形和字体的关系

有些字体直接就是组成LOGO的元素,而有的标志有字体和图形两个部分,这时就要注意字体和图形之间的关系。字体的选择和设计要符合图形的感觉,使两者相协调。

同心中国140年
140 Years In China

LEASE CRUTCHER
LeWiS

◆ LEWIS厚重的字体表示公司租赁业务的诚心度。

◆ KDDI是一家在日本市场经营时间较长的电信运营商，整个LOGO都反映电子科技的信息化和速度感。

KDDI 株式会社

DEMALL
INTERNATIONAL
德美国际

◆ 德美国际是位于上海的一个物流产业园。该识别系统的创意来源是上海的玉兰花标志和物流业的流通感。M字母的独特设计使字体和标志相互映衬，统一和谐。

◆ 老外滩是宁波的新天地。标志的起源来自原来建筑中的窗户。字体也根据标志的风格做了变化和个性的处理。

◆ 字体和标志的风格统一。

3. 企业标准色

企业标准色（House Colour）是指定作为企业专用的一种或几种特定的色彩。企业标准色也是视觉识别的重要组成部分，它通过色彩的知觉刺激心理反应，显示企业的经营哲学或商品特质。为了在市场竞争中突出企业的特色，应选择与众不同的色彩或色彩组合，以达到突出形象的目的，利用企业标准色与商品或包装的一致，可以创造出和谐统一的商品特色。正如比赛中，常将参加者分为红白两队，就是利用色彩产生清楚识别，达到加强目标意识、增进团队精神的效果。合理的色彩设计运用到各种媒体上，能对人的生理、心理产生良好的影响，给人们带来丰富的联想，固定消费者的印象，达到吸引视觉的功能，塑造不同的企业形象。

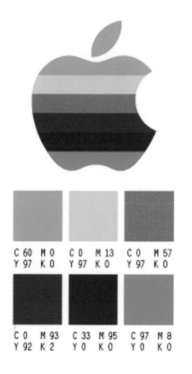

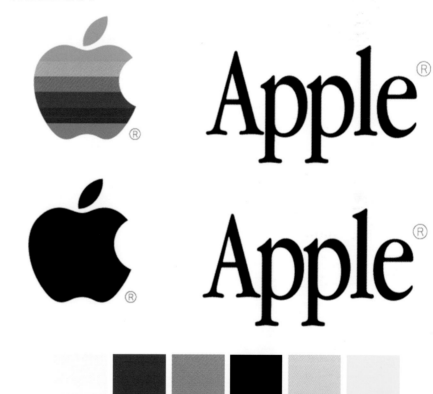

如何设定企业标准色？

有时设计师在设定标志色彩时，会忽略这一环节，认为其比较简单，通过电脑固有色盘随意填，这是错误的。首先得按企业的理念识别系统去确定色彩的色调范围，然后要考虑色彩的数量、色调搭配、主次、面积比例、浓度和纹理等等，甚至于要进行精确的数值化。还要考虑到这一色彩印刷出来的预期效果，及制作和印刷工艺的变化。这些内容都与标志的造型设计同样重要，他决定了标志的好坏。

4. 造型和吉祥物

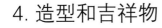
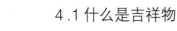

4.1 什么是吉祥物

由于应用设计的项目种类繁多，形式多样，常常需要一种图案，能随着媒介的不同作适度的调整与烘托，这就不是标志、标准字体所能做到的。于是吉祥物应运而生。企业吉祥物是利用人物、植物、动物等基本素材，通过象征、寓意、夸张、变形、拟人、幽默等手法塑造出形象，也称企业造型。

标志、标准字体在应用上大多采取严肃的形式出现，以树立权威性与信赖感。吉祥物则通过丰富多样的造型符号，补充标志、标准字体所树立的企业形象，使其更加完整，更易于识别。它以其醒目、活泼、趣味，越来越受到企业的青睐。对于强化企业形象、提高宣传效果会发生不可估量的作用。在设计吉祥物的时候，造型要与企业的精神相一致。题材的确定应根据企业实态、精神素质、产品特性等，从广为流传的神话、故事或与生产发展有关联的人或物，以及象征企业精神和企业形象的动植物中选择。

但总体来说，吉祥物是为了有效加强宣传，烘托气氛，增强视觉冲击力而设计的一种图案或效果，是一种附属视觉识别元素，在应用设计中对其他基本要素产生烘托作用。

4.2 吉祥物的几个特性

A 亲和力

企业吉祥物能跨越国界和文字的区别，配合企业的标志和字体，形象地宣传企业的理念、目标与精神，把企业的精神人格化，在欢歌笑语中使消费者对企业灵魂、性格和产品的特性，有一个形象化的了解和记忆，并留下美好难忘的印象。

吉祥物大多采用活泼可爱的人物、动物或植物为原形，经过夸张、变形、个性化的艺术处理，容易引人注目，产生视觉冲击，达到加强印象的效果。

B 灵活性

企业吉祥物具有可变的灵活性，通常设计多种表情、姿态，以适用于不同的场合。一个企业可以通过多个吉祥物来反映其不同方面的经营理念和产品特性。

金属制造－金属的油漆公司
（日本）

鸟类国际学院

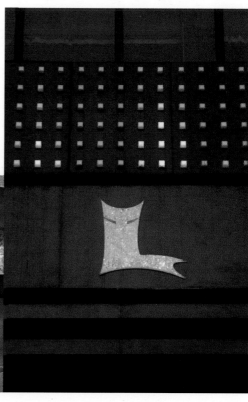

5. 应用部分

5.1 办公用品类

人们第一次认识企业往往就是通过名片、信封、信纸这类小物品，它们给人的第一印象是非常深刻的。设计师要充分利用这些与外界接触的媒体，将公司的名称、标志、地址、电话、宣传口号等信息在第一时间传递给受众。

办公类物品的面积一般不大，如果缺乏个性，很难给人留下记忆。因此新颖独特、简洁明了是这部分设计的要点。

5.2 招牌标识类

招牌标识是企业的门面，一个具有强烈吸引力的招牌，往往具有明显的识别作用，是吸引和引导顾客的重要媒体。在招牌设计时要根据不同的要求设置不同形式的招牌标识。设置时要考虑与周围环境的协调，以达到最佳效果。

5.3 交通工具类

交通工具作为一种流动、公开的传播方式，通过反复强化人的瞬间记忆，树立起明晰的企业形象。设计中应考虑到快速流动的特点，运用标准色统一各种交通工具是有效的方法。同时，在设计时，尽量使标志鲜明突出，文字和图案也不宜过小，以引起行人的注意为主要目的。

在交通工具外观的设计时要注意文字排列的基本要求，不论左侧还是右侧，都要按从左到右的顺序，不要逆向，以免误认。

5.4 产品包装类

产品包装起着保护商品、促进销售、传播企业形象的作用。虽然产品的质量是关键，但在竞争激烈，技术趋同的今天，好的包装对销售起到了重要的作用。包装本身就是一种符号化、信息化的企业形象。

产品包装包括包装盒、包装纸。从应用的材料上来说，从木材到玻璃、塑料、金属、陶瓷，甚至包装封口用的胶带及不干胶纸等等。

5.5 广告媒体类

严格来说，广告和CI设计是不同的两个系统。广告是短期的，阶段性的，有强烈针对性的，比如新产品面市。而CI设计相对来说，是长远的，稳定的。但CI系统对广告有指导的作用。CI指导下的广告设计，主题、形象和表现语言达到高度的统一，极大地提高了广告效率。

广告媒体的形式多种多样，主要有电视广告、报纸广告、杂志广告、路牌广告、招贴广告、串旗、刀旗等。不同的媒体以不同的艺术语言宣传商品或企业。由于广告策划具有相对独立性，因此CI计划不能取代广告策划。

在具体设计中，要充分考虑两者之间的关系，处理好企业整体形象的统一性和可变性等具体问题。不论哪种形式的广告，都要做到文字简明扼要、语言简练生动、图形出神入化、含意深刻隽永，符合企业一贯的精神气质。

5.6 展示设计类

展示设计也是相对独立的一个设计门类。根据企业和产品的需要，展览和陈列的形式也是多种多样的。但展览一旦面向观众，展示的就不仅仅是商品本身，更体现了企业的形象和气质。比如，对以连锁店形式为主的企业来说，在各地设置的展销厅、经销商以及销售点的场所设计就是至关重要的。

陈列设计是空间与平面的结合，在设计中要尊重环境设计的要求，同时要突出整体感、顺序感和新颖感，加深受众对企业精神和产品特性的认识与了解，以此来激发消费者的兴趣，最终产生购买欲望。

5.7 员工服装类

员工服装是应用设计的重要组成部分。对于服务性行业来说，员工服装的美观和舒适是消费者的第一印象。整洁美观的服装服饰，不仅可以增强员工的责任感和荣誉感，更可以给消费者以专业和信赖感。一般来说，员工服装主要包括经理服、管理人员服、员工服、迎宾服、运动服、文化衫、T恤、领带、领带夹、领结、工作帽、纽扣、肩章等等。有些还要按季节分春秋装、夏装和冬装。

现代 VI 设计的特点

1. 应用范围更广泛

CIS是针对企业而言的视觉形象体系。随着市场细分的深入,行业竞争的激烈,CIS概念在越来越多的领域中被采用。它不仅成为企业发展、创立品牌、效益增长的有力武器,更受到各级政府、院校和组织的重视,将其作为树立全新形象,获得公众认同的重要方式。由此,出现了很多新的概念,比如UIS(UNIVERSITY IDENTITY SYSTAM)院校识别系统。在产品设计领域中,产品设计师们为了保持产品一贯的风格和特色,会在产品的外观形态细节上保留某种特征,以此来保持品牌的统一性。这就是所谓的PIS(PRODUCTER IDENTITY SYSTAM)产品识别系统。

对CIS自身而言,随着现代社会科学技术和经济文化的发展,VI设计在二维、三维甚至四维空间内的应用也比以往任何时候都要广泛和深入。在物理学上,只有长度的是一维。只有长宽的平面世界称为二维。三维是包含有长宽高的立体世界,是我们肉眼亲身能感觉到,看到的世界。四维是一个动态时空的概念。是由爱因斯坦在他的"广义相对论"和"狭义相对论"中提及的"四维时空"概念而来的。

艺术设计领域中的所谓二维设计概念是指实现设计的载体是平面的,比如报纸、标签、书籍等;同理,三维设计概念就是当我们把实现设计的载体扩展到立体的范围,比如工业产品、建筑、展示等。而以时间为计算单位的媒体设计,可以看作是四维概念在艺术设计领域中的表现。当然,艺术设计领域中的二维和三维划分没有像物理学那么精确,我们通常把二维设计称为平面设计,把三维设计称为产品设计和环境设计。

1.1 VI 设计在二维空间内的应用

VI 设计在二维空间内的应用通常包括：以名片、信纸、信封为主的企业内部宣传用品，以及海报，企业或产品的宣传手册等宣传品。可以说，现代的 VI 设计渗透到了平面设计的各个领域。平面设计包括海报设计、版面书籍设计、包装设计等。

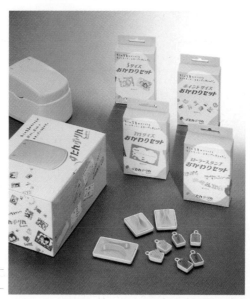

◆ 插图是平面设计中经常使用的元素，它使公司形象轻松生动，更具艺术性。

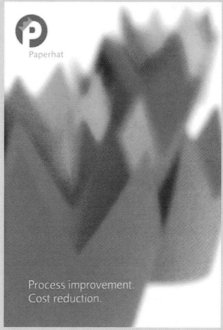

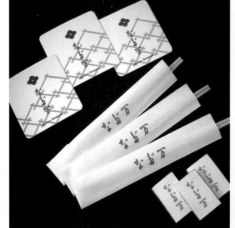

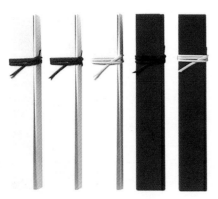

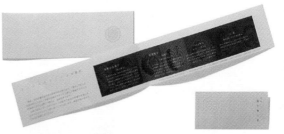

◆　不做任何修饰的简朴包装风格，带有一点东方传统文化气息的图形和字体编排设计，使整个形象从内部透露出一丝淡雅的东方情调。

◆ 儿童式手绘插图，缤纷的色彩，使小旅馆带上一份清新淡雅的色彩，比较容易为人们所接受。

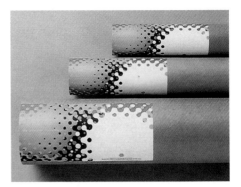

◆ 对点的网点化处理，切割运用进应用系统中，也另具特色。

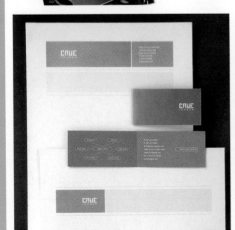

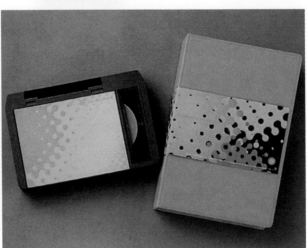

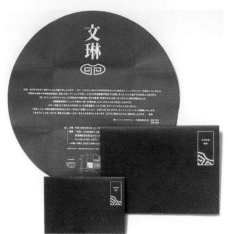
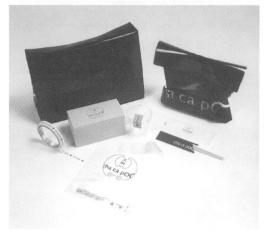

◆ 对称的蝙蝠图形结合中英文组合设计，单红的色调，
传统而具有现代设计感。

A VI 设计中的书籍设计

平面设计和印刷技术是不可分的。一个不懂印刷的设计师不可能是个好设计师。因为印刷是直接实现平面设计的一个最重要的手段。以媒介的外在形态来划分，印刷媒介、电子媒介、网络媒介体现了三代不同的大众媒介。印刷是记录和传播人类文明进程最古老的方式，从某种角度上也可以说是最重要的方式。

在很长一段历史中，因为信息传达较为详细，同时具有可选择性和可保留性，信息传达的成本低廉等优点，报纸和杂志曾一度成为最重要的大众传播媒介。虽然，随着印刷技术的发展，除了报纸、杂志和书籍以外，印刷术的用武之地被大大的丰富和扩展了，除了传统的纸质媒介之外，大量的非纸质媒介被应用到印刷技术中，比如光盘设计等。但随着电子和网络等新媒介的蓬勃兴起，印刷媒介还是失去往日的地位。

◆ "N" 在这套形象中起到一个视觉的统领和活跃的作用，使得形象具有轻松的时代气息。

◆ 德国杜伊斯堡博物馆的形象设计，LOGO采用了博物馆中的一个现代雕塑为原形，并加以设计，明确的表示了博物馆专展现代雕塑的特点，并且具有强烈的时尚气息，这是他们的极简主义的设计风格。

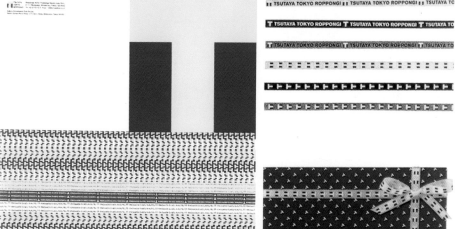

◆ 作为一个专业经营音响制品和书籍的连锁店，简洁明快醒目懂得形象视觉系统是非常重要的。这里运用了店名字的首字母来做最简化的色块处理，达到了视觉快速传递的作用。

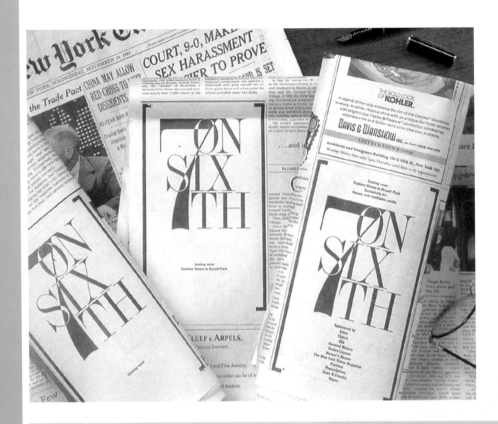

◆ 简洁的字母穿插组合，构成装饰性LOGE，简洁而直接地反映了活动性质。

◆ 一种设计手法的统一，对各种字体进行设计并编排运用，统一中具有变化。

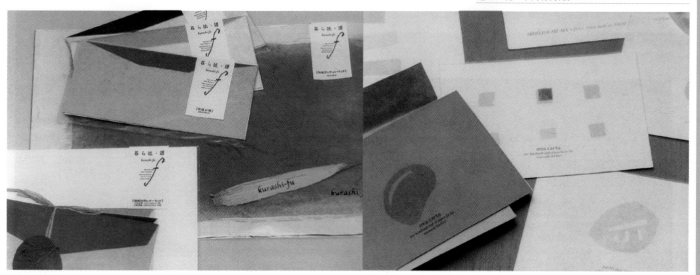

◆ 各种特种纸张和自然材料的加入，使得设计别具特色。

B VI 设计中的包装设计

产品的外包装在CI设计中显得日益重要。两盒披萨，可能味道相差不多，一盒是没有任何标志，另一盒有"必胜客"标志。大多数公众在很大程度上会选择有"必胜客"标志的那盒披萨。这就是品牌给消费者带来的一种隐性的影响。因为，产品的包装形象在很多时候将代表企业直接和消费者进行接触，在这个包装之内是企业服务精神和产品质量的保证，因此尤为重要。

◆ 柔美的 LOGO 和字体，会深受女士们的青睐。明快的包装设计，加上轻松的样册编排设计，是整个形象设计的亮点。

◆ 淡雅的绿色，简洁而暗含文化的图形，整个设计略带佛香，似乎正显示着生活的哲理。

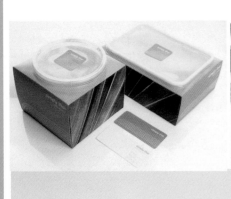

◆ 把巧克力的包装做出首饰的精美感，加上符合巧克力的色彩基调，不为是一种独特和大胆的创意。

◆ 在这个酒的设计案例中，运用了典型的英国传统图形，体现出了当地的风俗和文化。

◆ 设计中突出文字编排，密集的文字编排作为装饰纹样，具有新颖的创意点，且具有另类的视觉特征。

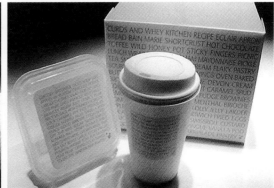

C VI设计中的产品标签设计

现代商业社会的显著特点之一就是琳琅满目，极大丰富的商品供给。在众多的同类产品中，如何脱颖而出，赋予商品独特的文化内涵，从而打动消费者，是商品生产者和经营者们日思夜寐的主题。而好的视觉系统正是其内容最直接的外在体现。

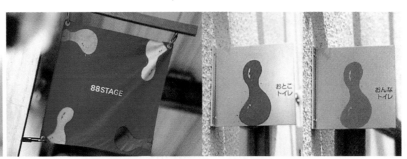

◆ 粗旷的字体，来反映店的个性理念。

◆ 简洁明了的平面化标志图形在各类产品应用中极其醒目，强化了品牌的整体视觉效果，并在标志的应用、制作和色彩处理上具有更大的空间和再设计余地。

1.2 VI 设计在三维空间内的应用

VI 设计在三维空间内的应用涉及到室内环境设计、产品设计外观、展示以及指示设计等。

A VI设计中的室内环境设计

随着经济文化的发展，市场的细分，企业的类别和性质也越来越丰富和个性化。VI 设计是围绕企业需求进行的，必然也显示出各自在应用方面的不同。比如，在种类繁多的餐饮娱乐企业中，大部分设计和各种营业用品分不开，其视觉形象强调文化艺术性，以力图营造一种独特的识别性文化艺术氛围，并以此来吸引消费者。

◆ 极具机械感的黑色LOGO和斜线装饰条，都反映了五金机械企业的特点，并具有简洁大气的装饰性。

◆ 简洁的 *LOGO*，质朴的包装，高雅的店堂设计，略带传统的样册，构成了整个空旷的形象。

◆ 简洁的眼睛图形标志，点明了企业的经营特点，蓝色为主基调，清爽明了。简约式设计风格，简洁明快的图形和色彩运用到了企业的各个角落，墙面门头乃至火柴盒，来强化品牌视觉。

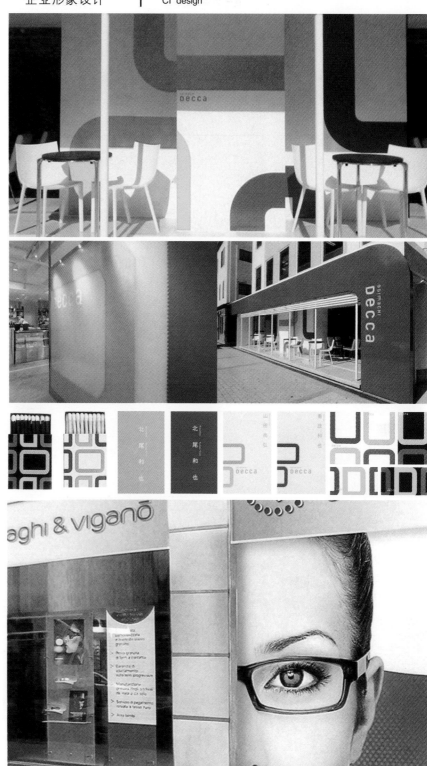

B　VI设计中的展览活动设计

全球范围内的文化意识的崛起和加强,展览活动的日益增多。因为视觉语言最独特的功能,以最直接和迅速的方式增加宣传力度,渲染活动气氛,以LOGO为主的CI视觉形象系统在活动展览领域中被日益广泛应用。

VI设计应用在展览活动中是灵活的,可以根据不同展览的需要来设立应用的项目。在有些大型展览活动中,标志、标准色以及吉祥物等元素还会做成各种产品来增强活动的宣传性和纪念性。

◆ 世界博览会是全世界的盛会，可以说是最大规模的展览之一。在如此盛大的活动中，各种指示和形象是至关重要的。它和活动宣传紧密相关，是关系到活动的公众影响、举办国际声誉的重要因素。以日本爱知世博会为例，形象系统在各种指示环境甚至产品和服装中的应用。

DYNAMIC KOREA

◆ 可延伸性的设计，准确美观地表现出了主题，具有非常高的学习价值。

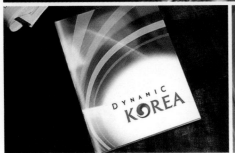

◆ 文化是一个丰富而博大的概念。为文化而做的设计也是丰富而多样的。但不管如何，好的视觉形象要能智慧地体现文化的内涵和精神。从设计方法上来说，其方法更灵活多样，更有艺术性，更有个性，从而体现出企业的文化特点。从设计师本身来说，设计的个性发挥余地更大，可以设计出更有创意性的案例。

C Ⅵ 设计中的指示设计

在交通系统中，CI设计的意义更多地是维护秩序。清晰明确的导向系统，严肃庄重的标志和符号都是必须的设计要点。

◆ 方形的红色块用英文字母来破，运用到Ⅴ I 中的各个角落，由环境来衬托，赋予其强烈的视觉吸引力。

◆ 对单轨列车这一独特的交通企业进行整体形象设计，是一项比较复杂的工作，主要在导向系统上要求比较高。

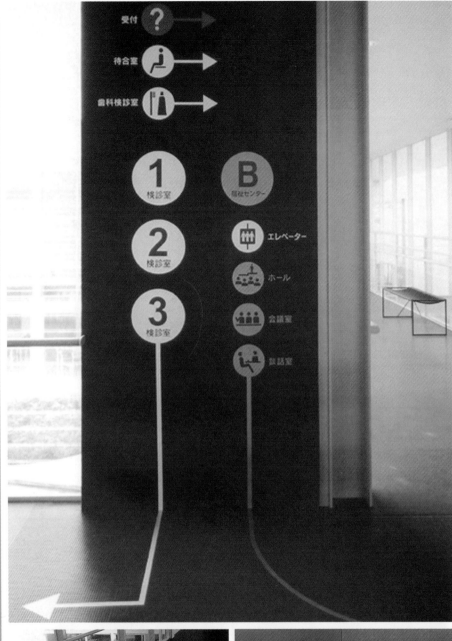

◆ 在 V I 设计中导向系统是一个难点，而这些导向牌都具有新颖的创意和独特性。

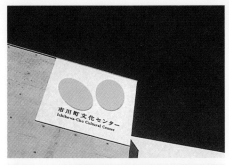

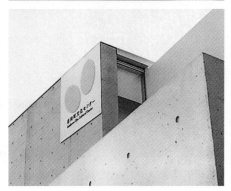
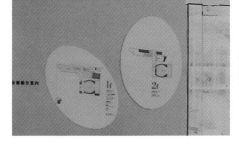

市川町文化センター
Ichikawa-Cho Cultural Center

◆ 一种极简的设计手法，但LOGO具有灵活多变的应用方式，便于后面的制作延展，能在采制运用和色彩处理上有更大的空间和效果，简洁而具有再设计余地。

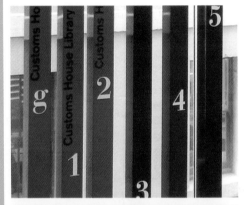

◆ 红色在环境中是非常醒目的，这增强了形象
导视作用。

2. 创造更新的视觉语言

标志（LOGO）设计是 VI 设计中最关键的一个内容，也是关系到整个 CIS 导入能否成功的一个重要因素。好的标志不但清晰地体现了企业或产品的个性，也因为其识别性强而又具有亲和力，能给大众留下深刻的印象。以前因为印刷技术等的限制，设计师在标志设计中，通常习惯用最单纯和最少的颜色来表现，力求标志的醒目。但现在随着时代和科技的飞速发展，设计师拥有了更广泛的可能性。企业对好 LOGO 的标准也除了醒目之外，要求更高。同时，随着现代艺术设计观念的发展，在现代 LOGO 设计中，越来越多的原本和标志设计无关的新的技术和元素被借用到 LOGO 设计中。我们可以看到，在现代标志设计中，出现了许多新的视觉语言。这也是 VI 设计的一个趋势。

◆ *在照相机发明以前，插画是一个重要的表现手段。虽然插画是为某一目的而做的绘画，其目的是为商业或某种视觉宣传服务，但因为大多数插画设计师都具有很强的绘画功底，并运用各自不同的表现手法。所以总的来说，插画还是一门个性很强的艺术。自然，在追求个性的现代，插画艺术再次兴起。*

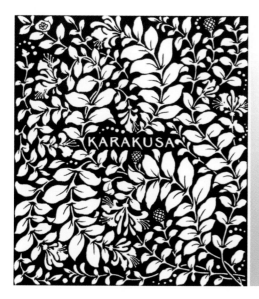

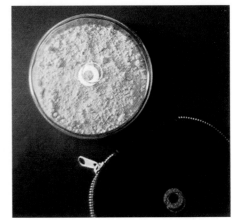

innen aussen
schweizer

◆　对于现在的装饰工程公司，简洁的LOGO更便于远距离识别记忆。

2000 年汉诺威世博会会徽设计。世博会的主题是"人类、自然、技术"。首先设计师试图寻找能体现主题和概念合适的形象或图案，他们找到例如能源、共鸣、互动、美景、信号、过程、能量等这些概念。并发现以上所有概念的图形表达的共性在于：都包涵促使其保持运动和活力的元素，即一种永恒的能量。而这种动感也同样契合 2000 年世博会的主题，即希望人们保持运动、思维灵活、勇于创新，在21世纪运用自己的智慧推动世界向前发展。

构想由此诞生了。会徽设计就是一种"推动力"。这种推动力具有视觉可见的特征，也可被视为技术或有机体的组成部分。标志的特殊之处在于它形态和色彩上的抽象性和多变性。也有一种说法是标志设计受了电子音乐的某些影响。

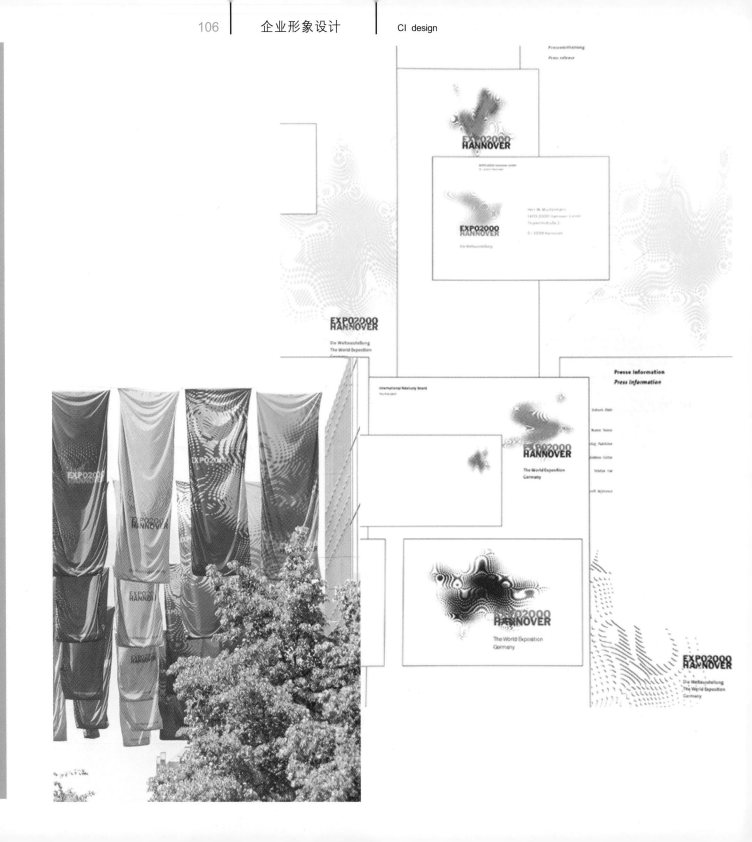

3. 应用更规范

首先，企业宣传方式的选择多了，要保持统一形象就必须加强规范。其次，企业自身发展了，比如，许多本土企业发展成为跨国企业。面临不同的国家文化，只有加强宣传时的规范性，才能保证其形象的完整和统一。行业竞争的激烈，视觉语言的丰富，而VI应用范围的广泛，这些都要求VI的应用更规范。

相对于个性化小型文化公司的艺术性设计来说，在金融交通等大型集团形象中，标志、辅助图形、色彩等要素都非常简洁明了。通常以一种统一的色调来控制整套VI的风格，以此来体现企业的庄重性和力量。例如在汇丰银行的VI应用系统中，规范长宽的红色外框使它所有的广告都有了统一的印记。

◆ 简洁的红黑色块结合英文的运用，找到VI应用中的丰富变化性。

◆ 作为银行，蓝色是常用的一个色彩，并且整个应用设计都很简洁。

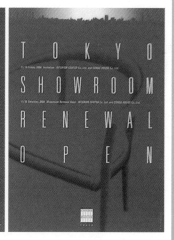

◆ 红黑两色，结合英文的组合编排，有强烈的视觉感。

NECソフト株式会社
NEC Soft, Ltd.
NECソフト

◆ 对于国外的一些球类视觉形象的设计，一般都有一定的设计风格，标志都会比较稳重。如这一套形象就运用了篮球与首字母的巧妙组合，对称的商标式设计，明确而稳重。

◆ 标志运用的矛盾空间的视觉语言，来增加两个圆形的变化性和空间感，对于一个财政机构，这标志表现出了稳重大气之感。

◆ 半抽象图形作为LOGO，既准确地表现了公司的形象理念，又具有丰富的想像空间。

05 设计教学实践

1. 虚拟主题创意 VI

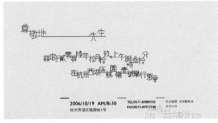

◆ 案例 1《会于园》（在幽静的园中举行的聚会）

作者：谢先行

◆ 在现今这个喧闹的城市中，人总会有回归自然的性情。《会于园》是在幽静的园中举行的一次聚会，参与人士多为艺术文人。在这幽静的园中举行聚会，可以使你"仰观宇宙之大，俯察品类之盛"。就是抬头一看，宇宙如此之大，低头一看，世界万物又是如此丰富多彩，生机勃勃。这次聚会可以使你"所以游目骋怀，极视听之娱，信可乐也"。你的眼睛是游动的，心胸是敞开的，游目骋怀，因此得到了一种极大的快乐。而这种仰观俯察，游目骋怀，就引发了一种人生感。这次聚会也可以使你看到一个无限广大的空间，看到无限壮丽的景色。让你从有限的时间空间进入无限的时间空间，从而引发一种带有哲理性的人生感、历史感。

课程介绍

这一次课题是对非视觉语言的艺术形态进行形象设计的翻译，是对不同领域的意识形态用可视的图形元素进行设计表现，背后是观念的凝炼，而观念之外化则为视觉元素的象征和隐喻即基本法则——内容与形式和谐统一。就是要求学生首先要去提炼选题的内在观念，然后用平面设计语言或手法来表现这一观念，这一形象设计要让观者看后能领悟主题的内在寓意。

作业要求：艺术性的 VI 形象设计

作业数量：不少于 50 页

建议课时：6-7 课时

作业呈交方式：VI 样册。尺寸：210mm × 285mm
效果图电子文档。精度：300dpi 格式：TIFF

作业提示：

1、以整体的概念贯穿所有页面设计。

2、设计语言要具有创意性、艺术性。

3、设计构思做简短的文字说明。

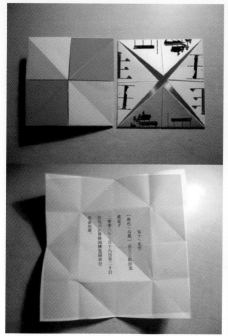

◆ 案例2 "角色／自我"票友京剧沙龙活动

作者：张超越

◆ 此次活动策划包括京剧学术研讨、当代京剧艺术文化展览、京剧人物假面舞会等子项目。洗去铅华，设计过程即带着稚拙与天然的情感完成了一次从角色到自我的回归。不同的行当，寓意各界票友的相聚。生、旦、净、丑，构成百态世相，芸芸众生。人生中，很多时候我们的存在都如同隐约的影像。戏中角色与自我，戏台与人生舞台，统一与矛盾，梦境与现实……这些异象的词汇于我们的生活、我们的思想、我们的情感中无处不在，又无不在游离之状态中。

◆ 案例3 "山海经"形象宣传

作者：陈铮凯

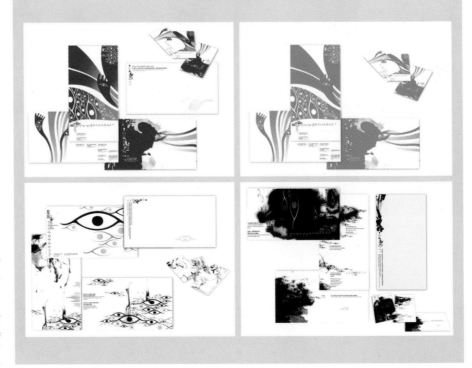

◆ 作品中使用大量缥缈如烟的墨迹，由此表现《山海经》是中国的神话这一特点，也体现了中国神话的飘逸浪漫的特色，同时飘散的墨迹暗喻神话中虚幻的一面。作品中使用了眼睛和手等元素，提取于神话中神怪生物眼和肢的数量、位置和形态怪异的共性，而它们与墨迹的怪异组合也符合神话中神怪生物非理性的形态组合。眼睛、手等形态暗喻神话中基于真实的一面。本次创作从传统着手，尝试概念上的转换，从而在传统中添加新的视觉元素和视觉转换方式。

◆ 案例 4《贵妃醉酒》形象宣传

作者：宣娜

◆ 《贵妃醉酒》的主要故事情节是唐玄宗约杨贵妃在百花亭赏花饮酒，不想皇上驾转西宫。贵妃闻之心痛万分，以酒入愁肠，逐现醉态后而倦极回宫。我做该剧主要表现手法是运用了繁复重叠的线来反映贵妃复杂的心理变化和烦乱的心情。海报抓住故事情节的主要情感点，三剖析贵妃的心理变化。首先是用扇子遮住酒杯缓缓地啜；再次是不用扇子遮一仰而尽；最后酒已过量拿着高力士的帽子耍了起来。之所以如此，是因为开始时她还怕宫人窃笑，因而故作矜持，掩饰着内心的苦闷；但酒人愁肠愁更愁，最后到酒已过量时，开始胡闹起来。

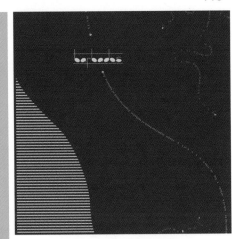

◆ 案例5 巴巴多斯的银滩

作者：黄栋

◆ 对一段带有热带风情的纯音乐进行视觉形象的翻译，首先得考虑其音乐的风格走向，它带有欧美传统风格，比较轻松浪漫，所以设计者用文字作了一些抽象图形的设计，让文字具有强烈的动感，而且笔墨简洁，属于典型的简洁主义设计风格。

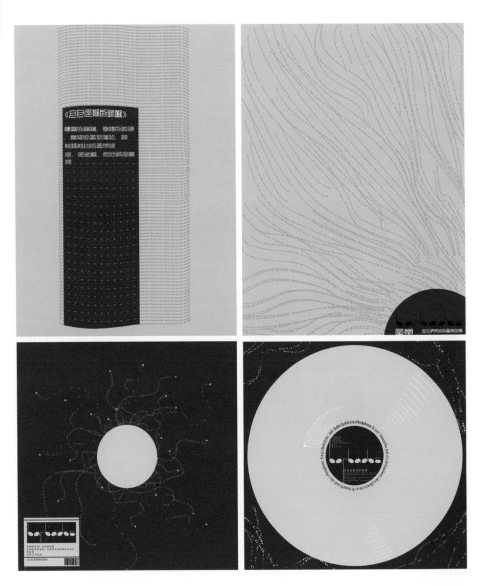

◆ 案例6 HipHop街舞宣传

作者：顾韵薇

◆ HIP-HOP街舞，作为一种音乐和流行文化，已经成为了一种意识形态，其中包含很多内容，如：服饰、街舞、HIP-HOP、DJ、唱白、特技单车、滑板、直排轮滑、街头篮球以及涂鸦。所以在色彩上我运用涂鸦艺术中最基本的红黄蓝三种颜色作为主要颜色。因为街舞里包含了激情、韵律、活力和情绪，而街舞文化又是多元化的，所以我采用直线排列的简洁与中间图案的繁复作对比，突出街舞的节奏感以及街舞文化包含的丰富内容，同时也表现历史上街舞文化与当时流行文化的冲突。中间的图案采用了街舞中跳舞的几个代表动作，让人看见就能联想到街舞里的B-boy。字体把HIP-HOP从中间横向切开再颠倒移位体现街舞里随意及动作语言的大幅度转变。

◆ 案例 7 喜剧《天使爱美丽》电影发布会平面宣传

作者：吴竹筠

◆ 根据法国浪漫主义喜剧《天使爱美丽》创作了一系列的电影发布会的平面作品。作品利用在底片上的刮刻图形来突现电影女主角的特征和电影特性，用蒙胧的手法交代了女主角隐形中帮助别人的人物寓意，娃娃的形象和画面中突出的心形表达了电影内涵中女主角善良的心。整个色调运用红黄，来传达温馨细腻的感觉。

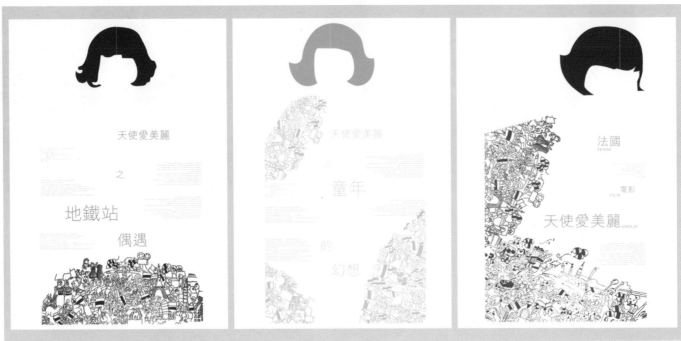

◆ 案例 8 似水流年-旗袍工艺坊

作者：王婷婷

◆ 旗袍是中国具有代表意义的一种文化象征，将传统的民族创新融入到旗袍的设计中，丰富了旗袍的内涵与意义。展现旗袍的文化内涵及旗袍的个性，体现传统文化的魅力。

◆ 案例 9 "双簧"形象展示

作者：赵频

◆ 乐器的"双簧"有两片簧，共发一声，在曲艺双簧中为两个人，但二人中只有一人出声，另一人做动作，故我理解为一实一虚的效果，在视觉语言中即实像与虚像。在我的设计中我把镜子作为把实像与虚像连接的媒介。在展示时运用镜子使切为一半的图像重新成为一个整体。在平面图形的表达中也运用这种镜像的效果，两个部分重新结合成一个具有实体的具象图形，缺哪一半都不成为完整，为了体现这种单纯的概念，海报中使用了双簧表演中不可缺少的道具"椅子"作为载体。在制作书时，把书分为两个部分，一个部分展示的是我对"双簧"以及这种表演形式的图形理解；另一个部分为我在思考的过程中所经历的过程的记录，同样也是"双簧"中的一部分。在图形中我加入了手的形态来表现"双簧"的肢体语言，同样这种肢体语言对于传达信息来说同样具有声带语言的效果。在正文的处理上使用不同的虚线来进行文字的节奏感的表现，想尝试一种新的表现手法的运用。

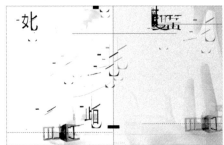
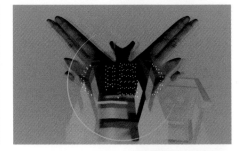

2. 实践商业VI

课程介绍

这一课题要求学生选择社会上已有的形象，对其进行全新设计诠释，力求出现合乎社会商业要求，但又有一定艺术水准的高质量形象设计。让学生去体会学院性艺术设计与商业设计的融合，以便进入社会更容易适应商业的设计操作。

作业要求：适合商业要求的VI形象设计

作业数量：不少于60页

建议课时：6-7课时

作业呈交方式：VI样册。尺寸：210mm × 285mm

效果图电子文档。精度：300dpi 格式：TIFF

作业提示：

1、以整体的概念贯穿所有页面设计。

2、设计的内容要准确地表现出主题，内页的设计规范要合乎商业实际操作的要求。

3、设计构思作简短的文字说明。

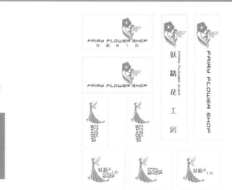

◆ 案例1 妖精花工坊VI

作者：陈铮恺

◆ 其实创作这样一个鲜花机构的ＶＩ系统纯属个人爱好，所以整个过程是开心而且满足的。这不是一个纯粹的花店，还是供真正喜欢花的人休闲和交流的地方，里面设有露天茶座、ＤＩＹ自助插花服务和鲜花派送服务。这样的鲜花店是应该有生命的，让我联想到花的妖精这样一种神秘而充满灵性的生灵。使用她们做载体，赋予了鲜花店奇幻的魅力，并且十分符合我所想表达的人与花之间美好交流的期望。于是经过资料的搜集和图形的整合，最终提取了一年四季共8种鲜花的形态与妖精的形象相结合，分别2个一组为一个季节做视觉应用。而主标志则是提取了所有妖精的共性———对飞翔的翅膀，仍然是贯穿奇幻的色彩。另外，在ＶＩ过程中还考虑到整个店面的装饰和布局，力求呈现欧洲小镇的精致和童话的氛围。置身其中，让人感觉即使从花丛里真的飞出花的妖精来也并不意外。

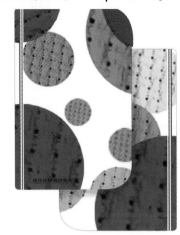

◆ 案例2 "滚绣"现代绣房中心

作者：王勤奋

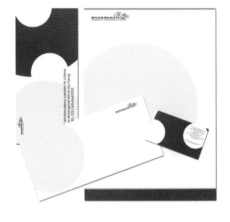

◆ 作为新一代的设计师，设计的最大意图无非是将整个设计推向一个新的高峰。对待一个传统的东西，包括传统文化、传统理念等，循规蹈矩，不能在传统基础上作出创新，就永远都不能在新时代立足。"滚绣"现代绣房中心是立足在现代人的生活品质，对传统文化的追求仅作为一种另类的满足而设立的一个绣物作坊。这种追求是现代的另一种流行趋势。刺绣，是一种传统文化，是传统生活中的一部分，其在现代生活中能得以发展既迎合了现代人的这一需求又发扬了传统文化。回顾传统，创新生活。因而，"滚绣"现代绣房中心是立足于以"刺绣"这一传统元素作为经营手段，以现代人作为经营对象的一个商业营销机构。在整个VI设计中还是始终围绕着现代元素展开。整个设计以红色作为主色系，以将其突现出自我的个性特色；再以橙、黄、绿、蓝作为辅助以增添氛围与活力，从而进一步应和绣房多元化的特色。再抓住刺绣工具"绣花棚子"的外形特征——圆环为设计元素，以绣花布纹为设计特色展开设计。

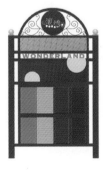

◆ 案例3 杭州蝴蝶馆

作者：潘春红

◆ 该设计的巧妙之处在于将蝴蝶的多变性和蝴蝶馆的丰富收藏结合在了一起，并用图形的语言传神地体现了出来。标志中的蝴蝶形象并非具体的蝴蝶，而是抽象的蝴蝶，这也使得该标志更具有现代气息。色彩上，采用了绿色和紫色。绿色和杭州的城市氛围相融。紫色则象征蝴蝶的神秘气息。素有"天堂"美誉的杭州，依山傍水，人杰地灵，再加上梁祝化蝶的美丽传说，而杭州蝴蝶馆则更以独特而现代的形象展示于众。

a=2.5mm

a=2.5mm

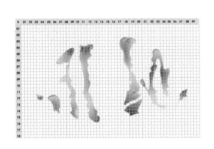

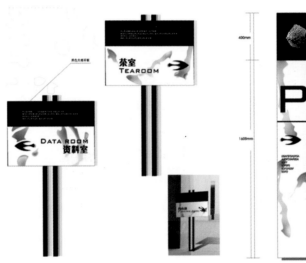

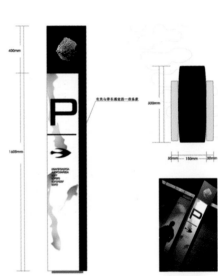

◆ 案例 4 爱鱼者俱乐部

作者：赵频

◆ 深海鱼长期居住于黑暗阴冷的海底世界，但却有着色彩绚烂、千变万化的外衣，无怪乎人们的心灵被其捕获，不断加入到爱鱼养鱼的队伍中来。标志着重从鱼身上的鳞片入手，使用红黄渐变的暖色调，希望给人制造一种亲切友好的感觉。同时其自然的外形也将一只若隐若现的小鱼勾勒了出来。

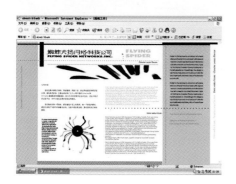

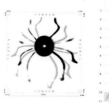
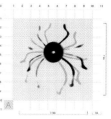

◆ 案例 5 蜘蛛天扬网络科技公司

作者：张超越

◆ 标志释意与设计理念

1. 就设计题材而言：蜘蛛天扬就企业名称之认知而言，可令人直接联想到网络，于是以蜘蛛为切入点，将其与光盘结合，作为标志设计之基本元素。

2. 就造型表现而言：蜘蛛和光盘的造型特征被提取并重构，在虚拟的网络空间中徜徉，在像与非像间含着若隐若现的动感。

3. 就精神内涵而言：灵动别致，稍许怪诞，代表一种新锐的观念和技术，运动虚无的状态是发展的一种反映，是生活的一种折射。

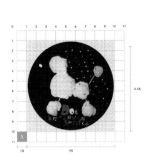

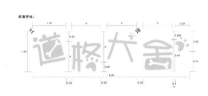

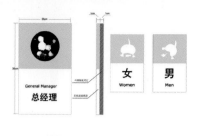

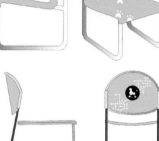

◆ 案例 6 道格犬业服务中心

作者：吴竹筠

◆ 杭州道格犬业服务中心的VI设计，道格犬舍是一家专业经营贵宾犬及犬类用品的犬类机构。在做VI之前，我首先考察了市场，将犬只的形态、颜色以及相关的物品进行提取归纳。最后把犬的毛发与棉花进行置换，用棉花球捏出贵宾犬的造型，进行加工形成现有的企业LOGO。用各种形态的贵宾犬和狗骨头组成企业的辅助图形。因为犬业机构需要给消费者提供一个清洁、自然、活泼轻松的氛围，所以我在标准色的提取中选择了淡绿色。字体选用活泼的圆形字体更能贴和贵宾犬的形象与性格特征。

◆ 从基础系统发展出的应用系统更添加了犬业特有的一些产品以及店内服饰等。整体形象轻松活泼健康。

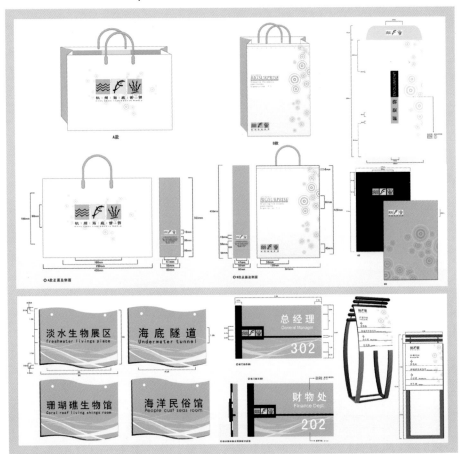

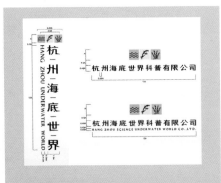

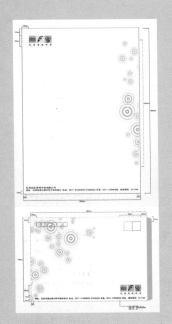

◆ 案例7 杭州海底世界

作者：宣娜

◆ 标志是海底世界的三个代表性图形：海水、鱼类、海底植物类，图形表现得简洁轻松具有强烈的图形识别性，简洁准确。辅助图形用了具有现代感的动画圆形来代表海中水泡，具有一定的动感，活跃整套设计。最重要是整套VI的导向系统做得比较新颖完备，对海底世界这种大型娱乐场所起到非常重要的作用，所以这一形象的设计重点在于导向系统的创新设计。

杭州植物园
HANG ZHOU
botaical
GARDEN

经济植物区
industrial
plant section

森林公园
forest park

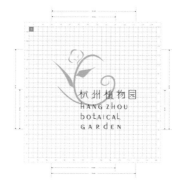

杭州植物园
HANG ZHOU
botaical
GARDEN

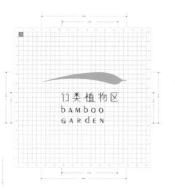

竹类植物区
bamboo
GARDEN

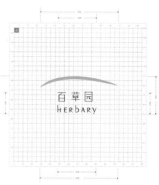

百草园
HERBARY

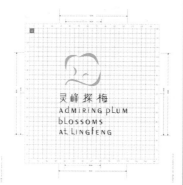

灵峰探梅
admiring plum
blossoms
at lingfeng

植物分类区
systematic
section

植物分类区
systematic
section

植物分类区
systematic
section

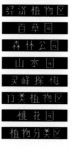

◆ 案例 8 杭州植物园

作者：谢先行

◆ 该标志的智慧之处在于用图形化的叶子造型来代表植物园内不同的植物类型。不同叶子的抽象象征了不同区域内的植物，植物园的总体标志则是各分标志的综合和再构成。简洁而又特征明确的叶子图形，植物一样有灵性的字体效果，纯净的色彩，都恰如其分地体现了植物园的特点。作为一个学生来说，是一件好作品。

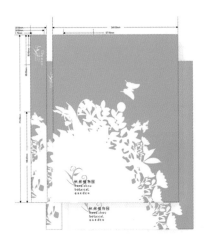

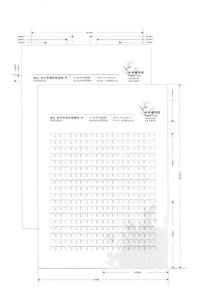

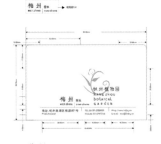

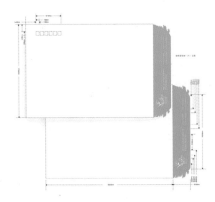

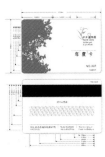

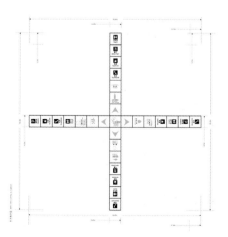

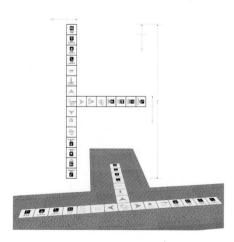

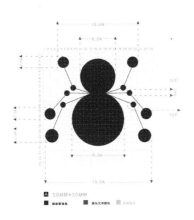

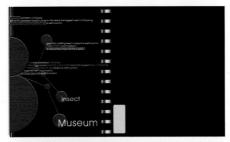

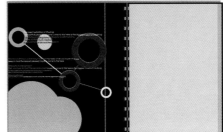

◆ 案例 9 浙江昆虫展览馆

作者：王宇轩

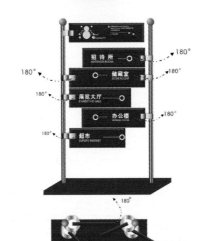

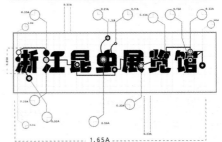

◆ 浙江昆虫展览馆ＶＩ设计，课题是虚拟的，前天刚去了一家展览馆，但是装潢可谓是不堪入目。想想为什么展览馆非要这种破的、陈旧的感觉呢？难道装饰的现代一点就出不了好效果吗？于是一个现代的展览馆的策划开始在脑中萌芽。接着就是详细的市场调查，大量的资料搜集，消费人群的定位（要经营当然要考虑到成本等等诸多因素），然后是ＬＯＧＯ的设计，包括标志的标准色彩和形态字体。设计最后归纳出一个最合适的方案。这是一个积累修改再积累再修改的过程。当然其中免不了枯燥和乏味，但是为做一个好的设计师就要学会在设计中寻快乐。自己快乐了，才能打动客户。整套ＶＩ设计分为基础和应用两个部分，要求风格相互统一但又不死板。

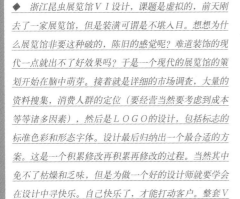

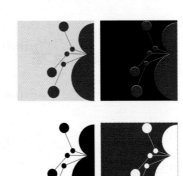

3. 传统文化题材 VI

课程介绍

这一课题要求学生去学习设计的创意方法。首先要求学生查阅与主题相关的大量图形视觉与非图形视觉的资料，然后进行归类分析，从10多个方向进行发散型联想，选择几个思路进行深入性的融合设计，最后加以完整的形象设计操作。

作业要求：传统文化的 VI 形象设计

作业数量：不少于 60 页

建议课时：6-7 课时

作业呈交方式：VI样册。尺寸：210mm × 285mm

效果图电子文档。精度：300dpi 格式：TIFF

作业提示：

1、以整体的概念贯穿所有页面设计。

2、设计的内容要准确地表现出主题，认真体验全新创意性设计的过程。

◆ 案例 1《唐韵》——唐装服饰店形象宣传

作者：王小鸟

◆ 大唐盛世反映在我的眼睛里是繁花散落雍容华丽的。而对应具体的联想到的是：高耸的发髻，宽大华丽的服饰，盛开的牡丹，怀素的书法，绚丽的色彩造型如飞天一样的感觉就印入我的脑海里。一点我就以唐代服饰的花纹及结合佛手来突现一种感觉。另外一点我就想抓住唐代仕女最具特征的数十种不同的眉饰来组合盛世的花朵。而唐代一些名家的书法的一些同样的感觉是点缀的。而对于这些元素的研究慢慢累计出来的喜欢是很欣喜的。

◆ 这套VI系统是想做服饰的。想发展一款全新的服饰品牌，复活大唐的文明，延续那么一种精神上的雍容华丽。

◆ 案例2 "灯笼" 文化宣传

作者：江燕

◆ 标志的设计主旨在于突破传统灯笼古板、强调灯笼的模式，从标志设计的新趋势出发，舍传统造型主义桎梏，取现代意识理念，体现灯笼标志创意的根本创新。标志整体造型形似灯笼，但有不是灯笼的外形，整一个橘红色斑斑驳驳的肌理效果渗透出一种若隐若现的感觉，中间的蜡烛有加入了脸谱的一些元素，脸谱本来就有一种很神秘的感觉。蜡烛，带给人光明，但同时在黑暗中跳跃的火焰又很神秘，两者相加是为了加重火给人诡异、谜样的感觉。

整幅标志色泽鲜明、欢快愉悦、新颖活泼，层层渗透出中国灯笼文化谜样的理念。

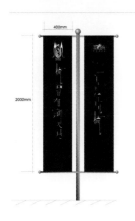

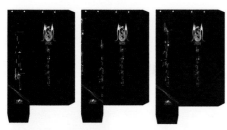

◆ 案例 3 《椰梳》

作者：黄龙华

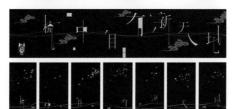

◆ 整个标志以梳齿的外形为主，同时跟头发的毛孔的形状相结合，直接表现梳子和头发的关系，和养身健美、疏通经络、活血化淤、改善头皮及颅内营养的作用。云和水代表天空和海洋，通过传统水纹和云纹提炼而来。标志颜色淡蓝代表休闲、青春、敏锐、朝气、正派、义气、轻快。蓝色是天空的颜色，大海的颜色、艺术的颜色、生活的颜色、未来的颜色。梳子的梳和书同音异义，意为一次全新梳子革命。从椰梳开始矗立天地，犹如神的旨意，降临于绿洲大地，犹如世人的梦想，徜徉于天地。

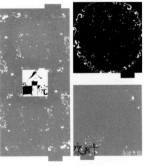

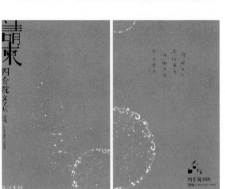

◆ 案例 5 四合院文化展

作者：郝琮

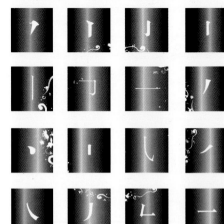

◆ 这次VI课程的重点是要求从传统文化里面寻找新的元素并通过对其观念的提取来产生新的视觉语言。我选择了四合院这一主题，是因为对大院文化抱有浓厚的兴趣。同时也对四合院深层的文化含义感到好奇和向往。通过对大量的资料的收集和整理，我了解了关于四合院文化更深层次的内容，这为最后的成品设计打下了基础。没有一件设计作品是能够轻而易举做出的，它要经过大量的推敲和修改才能够达到让人比较满意的效果。

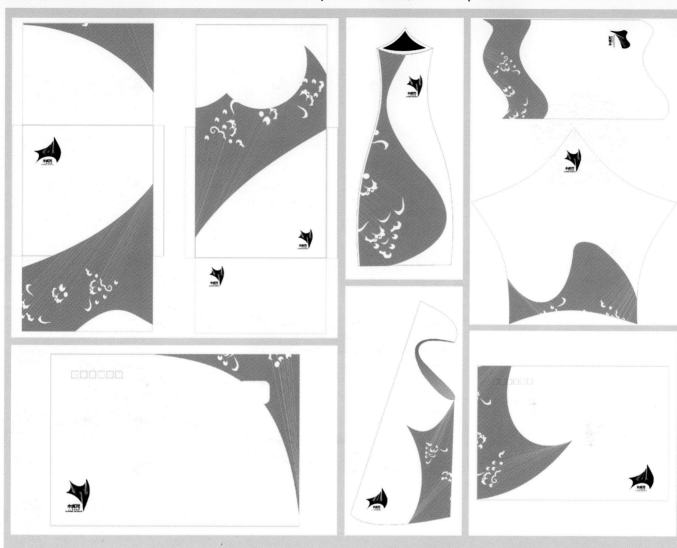

◆ 案例5 木偶戏

作者：谢家健

◆ 木偶戏（puppet）是由幕后演员操纵用木偶表演的戏剧形式。它是一门"手的技艺"。中国古代又称傀儡戏、
魁子、窟子。木偶戏总体就是有人在幕后操控，也因为这样那些被别人操控的人也会被称为是傀儡，也就是没主
见的人。所以在人们心中木偶戏就是一种被人操控的。在标志中用木偶里面的花旦的眼睛外形和皮影戏里面的花
形结合起来，从中不但可以看到木偶的特征也可以看出皮影的特征来。用线把它们牵引起来，从而做出被操纵的
感觉，木偶戏的重点就是被操纵着。字体之间也都牵连着，做出搭积木的感觉来，结合了木偶戏的感觉。

■ 品牌标志反白

THE TANG DYNASTY MODEL
JAPANESE STYLE

■ 品牌标准英文字

THE TANG DYNASTY MODEL
JAPANESE STYLE

■ 品牌标准英文字反白

唐样日风

■ 品牌标准中文字

唐样日风

■ 品牌标准中文字反白

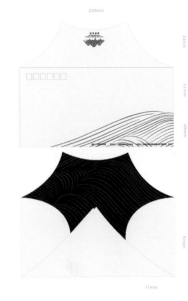

◆ 案例6 唐样日风

作者：南清群

◆ 这套VI是为虚构的服装品牌店而设计的。众所周知，现代日本的和服是由唐朝服饰发展演变过来的，虽然两者有所联系，但各自又有特点，而这家服装店就是两种风格的结合。LOGO设计加入唐朝的国花——牡丹和日本的象征——富士山两个元素，商标的蓝色代表日本的朴素、简洁，红色代表唐朝时期的富贵、奢华。这样就符合了这家服装店的品牌形象，为其达到宣传的目的。

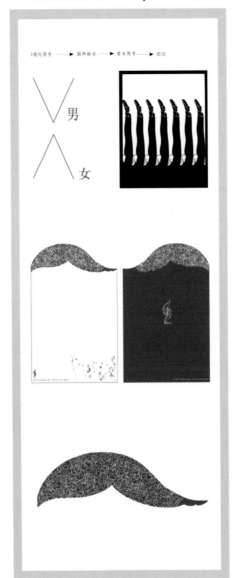

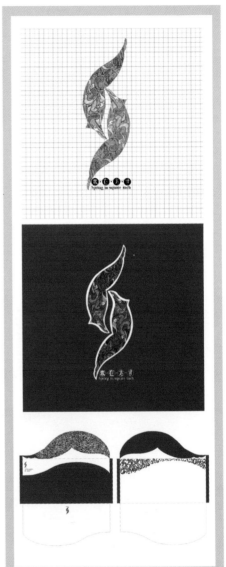

◆ 案例 7 "古代春宫画"展览

作者：吴依

◆ 春宫画是中国古代性文化的一朵奇葩和一个重要组成部分。春宫画的背后蕴涵着很多的意义，从两性的男女到阴阳再延伸到生殖崇拜到更多的社会伦理，其中的封建思想更是深刻。我从这些资料中提取元素，把古代春宫画中的阴阳元素，用抽象的图案去表现这套VI，这套VI主要是为"古代春宫画"展览服务的，所以我就想用最直接的色彩去反映它，再加以各种符号，让人们能在视觉上马上明白所表达和展现的是什么。

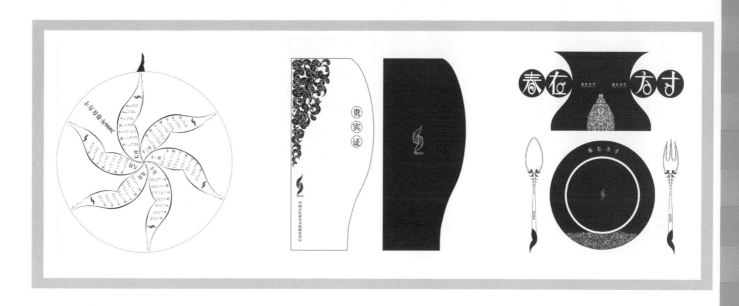

中国美术院校新设计系列教材

二维设计基础 王雪青 (韩) 郑美京编著(第二版封面)
书号：ISBN 7-5322-4200-5
定价：38.00 元

三维设计基础 王雪青 (韩) 郑美京编著(第二版封面)
书号：ISBN 7-5322-4201-3
定价：38.00 元

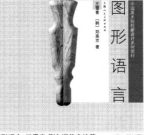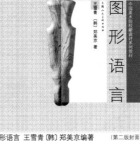

图形语言 王雪青 (韩) 郑美京编著　(第二版封面)
书号：ISBN 7-5322-4202-1
定价：38.00 元

图形创意基础 江明　编著
书号：ISBN 7-5322-4203-X
定价：38.00 元

包装设计基础 魏洁　编著
书号：ISBN 7-5322-4880-1
定价：38.00 元

字体设计基础 陈原川　编著
书号：ISBN 7-5322-4879-8
定价：38.00 元

标志设计基础 崔生国　编著
书号：ISBN 7-5322-4878-X
定价：38.00 元

设计材料基础 王峰　编著
书号：ISBN 7-5322-4881-X
定价：38.00 元

版式设计基础 黄建平 吴莹　编著
书号：ISBN 978-7-5322-5109-4
定价：38.00 元

广告设计基础 崔生国　编著
书号：ISBN 978-7-5322-5108-7
定价：38.00 元

企业形象设计 赵洁 马旭东　编著
书号：ISBN 978-7-5322-5110-0
定价：38.00 元

计算机图像基础 王伟　编著
书号：ISBN 978-7-5322-5111-7
定价：38.00 元

基础摄影 刘智海　编著
书号：ISBN 978-7-5322-5112-4
定价：38.00 元

专业摄影 顾欣　编著
书号：ISBN 978-7-5322-5113-1
定价：38.00 元

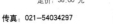

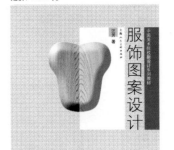

服饰图案设计 汪芳　编著
出版：2008.3
定价：38.00 元

装饰造型基础 王峰 魏洁　编著
出版：2008.3
定价：38.00 元

学校团购服务热线：021-54044520-103　　传真：021-54034297　　朱经理　个人邮购服务热线：021-54044520-280
单位全称：上海人民美术出版社有限公司　　账号：1001207409004600273　　开户银行：工行南京西路支行　　税号：310106132808343